아지랑이 데이즈 III

KAGEROU DAZE

-the children reason-

진(자연의적P) 지음
시즈 일러스트
이수지 옮김

목차

코노하의 세계 사정

두텁게 칠해진 듯한 푸른 하늘에 하얀 구름이 딱 달라붙어 있었다.

그 풍경이 몹시 이상하게 보이는 이유는 내가 그것을 진짜라고 인정하지 않기 때문일까.

내리쬐는 태양 광선은 아스팔트를 바작바작 태우고, 대기를 한들한들 흔들었다.

다만 나는 그 열기와 아스팔트의 냄새조차 느낄 수 없었다.

『이미 알고 있잖아. 너는 이제 이쪽에 존재할 수 없어.
여왕이 없는 세계에서 너는 단지 **찌꺼기**에 불과해.』

"아— 또 너구나. 왜 그렇게 단정 짓고 싶어 하는 거야……."

이것은 대화일까. 그렇지 않으면 혼잣말일까.

적어도 이렇게 의사소통을 나누는 것은 무척 오랜만이다.
저쪽으로 돌아가면 나는 다시 모든 것을 잊어버리겠지.

옛날보다도 더듬더듬 말하는 것은 아무래도 부끄러웠다.

가로수 사이로 소녀가 눈앞에 있는 사거리에서 넋이 나간 표정으로 비틀비틀 횡단보도를 걷는 모습이 보였다.

이 광경을 벌써 몇 번이나 본 걸까. 이 광경을 벌써 몇 번이나 지켜봤을까.

나는 이번에도 어김없이 손을 뻗었다. 충분히 닿을 수 있는 거리였다.

『소용없어. 이곳은 너의 세계가 아니야. 이미 이곳은 「그들」의 세계다.

누군가가 깨닫지 못하는 한, 어떻게 할 방도가 없어.』

신호등이 깜박였지만, 소녀는 그 사실을 전혀 눈치채지 못했다.

소녀는 바로 눈앞에 있었다. 끌어안을 수 있을 정도의 거리였다.

하지만 아무리 해도 닿을 수가 없었다. 뻗은 손은 소녀를 통과해서 아무것도 잡지 못한 채 허공을 휘저었다.

"어째서……!"

이미 「그 순간」은 신음 소리와 함께 눈앞으로 다가왔다.

바로 그때, 보고 있던 영상이 에러를 일으킨 것처럼 눈앞이 새카매졌다.

내려다보니 내 몸은 이미 그곳에 존재하지 않았다.

『아무래도 그로 정해진 모양이군. 끝났어. 억지로 비집고 들어간 데다 이렇게 무리를 하고도 계속 존재할 수 있는 것을, 너의 힘이라고 생각하지 마.』

"……응. 너의 능력이잖아? 내 몸을 이렇게 강하게 만들어 준 것도 그렇고. 너는 참 자상하구나."

『네가 그런 몸을 갖길 원했잖아. 그뿐이다. 착각하지 마. 자, 이제 돌아간다.』

"저, 저기 말이야. 마지막으로 하나만. 저편에 있는 나에게 전해줄래?"

『뭔데.』

"××××××××××××××."

『……장담은 못 하겠군.』

"그래도 괜찮아. 여러 가지로 고마워."

아마 이것이 마지막이겠지. 마지막의 마지막까지, 나는 멍청이였구나.

아— 만약 소원이 하나 더 이루어진다면

멍청한 나를 일깨워준

그 아이와…….

아지랑이 데이즈 01

어딘가에서 「저녁노을로 물들었네[#1]」가 울려 퍼졌다.

조금 전까지 맑고 푸르렀던 하늘도 마치 그 멜로디에 물드는 것 처럼 서서히 짙은 주홍빛으로 물들어 갔다.

멀리 유리 너머로 보이는 푸른 산들은 평소와 다를 바 하나 없이 따분하기만 한 장엄함을 띠고 있었다.

울퉁불퉁한 도로를 「덜컹덜컹」 시끄러운 소리를 내면서 나아가는 버스의 승객은 드디어 나 혼자만 남게 되었다.

조금 전 정류장에서 내린 동급생이 아주 친한 친구는 아니었지만, 항상 혼자 남는 이 순간에 딱 맞춘 것처럼 흘러나오는 「저녁노을로 물들었네」의 멜로디가 내 의지와는 상관없이 고독감을 불러일으켰다.

#1 저녁노을로 물들었네 해 질 녘의 시골 풍경을 묘사한 일본의 대표적인 서정 동요.

지루함을 조금이라도 달래기 위해 의자 여기저기에 튀어나온 스펀지를 쥐어뜯으면서 다시 바깥 풍경을 바라봤다. 하지만 농작물이 가득 우거진 밭을 배경으로 낡은 전봇대가 일정한 간격으로 시야를 가로지를 뿐이었다.

도저히 지루함을 달랠 만한 풍경은 아니었다.

한숨을 쉬며 눈을 감았다.

이럴 때 자유롭게 핸드폰을 쓸 수 있다면 얼마나 좋을까.

문득 언젠가 친구네 집 TV에서 본 도시의 전철 안 모습을 떠올렸다.

다들 한결같이 터치 패널식 핸드폰을 응시하며 완벽하게 자신만의 공간에 빠져든 색다른 광경이었다.

브라운관 너머로 본 그 풍경은 이런 시골 촌구석의 초등학생이 커다란 동경을 품기에 충분했다. 도시에서는 나와 나이 차도 별로 나지 않을 것 같은 어린아이조차도 핸드폰을 한 손에 들고 어디든지 갈 수 있는 것이다.

친구와 놀 때도 분명 핸드폰으로 연락을 주고받겠지. 밤에는 그런 친구와 문자나 전화로 즐겁게 의사소통을 하고, 인터넷으로 같은 정보를 공유하며 실컷 떠들 수도 있을 것이다.

그런 동경심 때문에 하교하는 도중 근처의 전파사에 들른

적도 있었다.

돈이 들어갈 만한 놀 거리가 지나치게 적은 이런 시골에서는 연초에 받는 세뱃돈도 바보 같을 정도로 쌓인다.

나는 예전에 그런 갈 곳 없는 불쌍한 세뱃돈을 꽉 쥐고 "핸드폰 주세요!"라고 외치며 의기양양하게 진파사에 뛰어들어간 적이 있다. 그리고는 핸드폰이 뭔지도 잘 모르는 가게 주인에게 핸드폰에 대한 설명을 장황하게 늘어놓았던 것이다.

물론 핸드폰을 손에 넣을 수는 없었다. 대신 투박하고 골동품 같은 전화기를 추천받은 일은 유익한 인생 경험이었을지도 모른다.

하지만.

인생 경험 같은 것은, 지금, 현재, 전혀 필요 없다.

그런 것은 필요 없으니까 핸드폰을 달라고 간청하려고 해도 누구에게 하면 좋을지 모르겠다.

예를 들어 그 완고한 부모님에게 그런 말을 하면 「20년은 이르다」며 집 밖으로 내쫓겨서 캄캄한 밤에 쫓아오는 들개에 대한 공포로 떨게 되겠지.

물론 그런 쓸데없는 서바이벌은 사양이다. 부모님 몰래 사려해도, 애초에 살 수가 없다.

도시로 나갈 기회가 있으면 좋겠지만 도시에 사는 친척도 없고, 연말연시도 아닌데 하물며 오봉[#2] 에 이 시골에서 나갈 일은 당연히 없겠지.

누군가에게 넘겨받는다는 선택지는 어떨까.

아니 애초에 그렇게 할 수 있는 물건일까.

핸드폰에 대해서 내가 알고 있는 사실은 「통화 기능」「문자 기능」「인터넷」을 사용할 수 있다는 정도다.

내가 이렇게 된 원인은 부모님에게 있다.

혼자서 TV를 보려고 하면 현대 사회에 저항하는 듯한 부모님이 온 힘을 다해 마구 호통을 치기 때문에, 주변의 화제에 따라가지도 못하고 유행은커녕 일반 상식조차 모를 때가 많았다.

하지만 핸드폰 정도라면 주머니에 딱 들어가니까 부모님에게도 좀처럼 들키지 않겠지.

따라서 구입만 할 수 있으면 나의 승리라고 말해도 과언이 아니다.

입수할 방법이 문제지만 지금 이 상태로는 정보가 너무 부족하다. 누군가에게 물어보는 것이 가장 좋겠지.

하지만…….

#2 오봉 조상을 기리는 일본의 명절. 주로 8월 15일을 중심으로 치른다.

“그럴 수만 있다면 얼마나 행복할까…….”

한숨과 함께 속마음이 입 밖으로 새어 나왔다.

그렇다. 상담할 수 있는 사람은 있다.

엄밀히 말하자면 상담이 「가능」할 뿐, 아무래도 선불리 상담을 부탁할 만한 인물은 아니었다.

「아사히나 히요리」는 그만큼 다가가기 힘들고, 대하기 어려운 존재였다.

이 시골에서는 세 손가락 안에 들어갈 정도의 부잣집 딸인 그녀는 어린 시절부터 피아노, 꽃꽂이, 발레 등을 다양하게 배우고 있어서, 뭔가의 발표회가 있을 때 정기적으로 도시에 나가는 모양이다.

게다가 예전에 그녀가 귀여운 핸드폰을 마치 자랑하듯이 만지고 있는 모습을 멀리서지만 확실히 본 적이 있다.

그녀는 분명 도시에서 핸드폰을 구입했겠지. 이런 점에서도 핸드폰에 대한 문제를 상담하기에 안성맞춤인 상대다.

하지만 이 대답은 이미 오래전부터 나와 있었다.

가장 큰 문제는 아사히나 히요리가 「엄청」이 붙을 정도로 기분파라는 사실과, 내가 그런 그녀에게 「엄청」이 붙을 정도로 반해버렸다는 사실이다.

「시골 촌구석의 아무 재미도 없는 이런 외진 토지지만, 딱 하나 이 세상 어디에도 없는 굉장한 부분이 있다. 바로 아사히나 히요리가 자라난 곳이라는 사실이다.」

어떤 클래스메이트는 몇 주 전에 이런 내용을 적은 연애편지를 아사히나 히요리에게 건넸지만, "기분 나빠……."라는 무척 강렬한 거절의 말을 듣고 무참하게도 승천해버렸다.

아니, 확실히 기분은 나쁘지만 이해가 간다.

그렇게 말해도 과언이 아닐 정도로 아사히나 히요리는 귀엽다. 클래스메이트와 비교할 수준이 아니라 잡지와 포스터에 나오는 아역 배우나 모델보다도 월등하게 더 귀엽다.

당연히 남자아이들 사이에서 인기도 엄청 높은 데다가, 그 인기는 그야말로 사람들 사이에서 「이 마을의 남자아이들은 아사히나 히요리를 사랑한 뒤에야 비로소 어른이 될 수 있다.」나 「돌을 던지면 아사히나 팬에게 맞는다.」라고 일컬어질 정도였다.

그리고 이렇게 말하는 나도 완전한 아사히나 팬…… 아니, 아사히나 중독자라고 해도 좋겠지. 근처에 널려 있는 「삼류 아사히나 팬」과는 「애정도」, 「신앙도」, 「관련 상품 소유도(비공식)」 등등 모든 면에서 지지 않을 자신이 있다.

일류 아사히나 팬의 아침은 빠르다.

오전 여섯 시에 일어나자마자 소유하고 있는 「48개의 아사히나 상품」 중 하나인 「푹신푹신 히요리 손뜨개 인형(직접 제작)」에게 미소 지으며 인사를 건네고, 아침 식사 중에는 그 날 하루의 「아사히나 히요리 시간표」를 보면서 「아사히나와 마주칠 확률」을 계산한다. 그렇게 아사히나와 만날 가능성이 가장 높은 장소를 확인한다.

등교 직전에는 엄선된 「아사히나 히요리 트레이딩 브로마이드」 중에서도 특별히 마음에 드는 한 장을 골라서 정기 승차권 케이스에 넣은 뒤 미소 지으며 등교한다.

학교 안에서는 항상 공기 중에 떠도는 「아사히나 페로몬」(개인에 따라 느낌은 다르지만 이 경우는 「왠지 좋은 향기」)을 냄새로 구별하며, 만약 아사히나의 모습을 발견하게 되면 항상 미소 지으며 관찰한다.

그때 운 좋게 접근할 수 있다고 해도 경솔하게 인사를 건네면 안 된다. 이것이 진정한 아사히나 팬과 그렇지 않은 녀석이 구별되는 부분이다.

이런 경우에 삼류 아사히나 팬 녀석들은 무리하게 말을 걸면서 호들갑스러운 말투로 아사히나의 흥미를 끌려고 필사적으로 달려든다. 하지만 그런 행동은 아사히나 히요리에게 커다란 역효과를 불러일으킬 뿐이다.

바로 오늘 아침만 해도 그런 남자아이가 아사히나에게 접근하는 모습을 이를 악물면서 지켜봤다. 그러나 아사히나는 예상대로 필살기 “기분 나빠. 비켜.” 한 방으로 그 남자아이를 멋지게 넉아웃시켜버렸다.

그 후에 실의에 빠진 그 남자아이는 아사히나 친위대 중에서도 특히 과격한 녀석들에게 체육관 창고로 끌려간 모양이다. 하지만 그 자리에서 일어났을 일은 정신 위생을 위해 선불리 상상하지 않는 편이 좋을 것이다.

따라서 프로 아사히나 팬은 그런 발칙한 행동을 하지 않는다. 그녀를 멀리서 바라보며 그 아름다움의 은혜를 입고 내일을 살아갈 활력으로 삼는다. 말하자면 성역인 것이다.

상황이 이러한데 그런 성역에 몸을 둔 내가 무엇을 어떻게 착각하면 아사히나 히요리에게 이런 시시한 상담을 부탁하겠는가. 결국은 이런 말이다. 그녀가 나를 위해 뭔가 해주기를 바라면 안 된다.

하지만.

마음속에 잠재된 부정한 욕망은 끊임없이 속삭였다.

그렇다. 핸드폰을 원하는 욕구의 기저에 살그머니 깔려 있는 소원.

『……아사히나 히요리와 문자를 주고받고 싶다.』

아니, 문자만 주고받고 싶다는 것은 아니다. 전화도 하고 싶다. 버스로 통학할 때는 물론이고, 가능하다면 매일같이 아무도 모르는 은밀한 교류를 하고 싶다.

"하고 싶다……."

점점 격해지는 마음은 입 밖으로 넘쳐흐를 정도였다. 눈을 감고 주먹을 꾹 쥐었지만 그 꿈은 아득히 멀어서, 도저히 이런 빈약하고 가는 팔로는 닿을 수 없을 것이라는 사실을 재차 실감했다.

"아니, 하고 싶어 하는 건 상관없지만, 이제 내릴 곳에 도착했는데 말이다."

문득 들려온 말과 함께 정신이 단숨에 현실 세계로 되돌아왔다.
도대체 누가 무방비한 나에게 갑자기 돌을 던졌는가 하고 소리가 들린 쪽을 올려다보니, 예상대로 버스 기사 아저씨가 「재미있는 것을 봤다.」라고 말하는 듯이 히죽히죽 웃으며 나를 내려다보고 있었다.
생각할 겨를도 없이 수치심이 끓어올랐다.
"우왓…… 죄, 죄송해요! 내릴게요!"

아무리 서두른다고 해도 조금 전의 추태가 사라질 일은 없지만, 견딜 수가 없어서 허둥지둥 자리를 뜨려고 했다. 하지만 버스에서 내릴 때는 반드시 정기 승차권을 보여줘야만 하기 때문에, 일어나서 가방을 꾸물꾸물 열었다.

"저기, 정기 승차권 정기 승차권…… 어라아?! 어디 갔지……. 아니! 분명히 가지고 있어요! 잠깐 기다려주세요……."

가방 구석구석까지 뒤졌지만, 오늘 아침 분명히 넣어두었을 터인 정기 승차권이 갑자기 보이지 않았다.

"아차…… 까먹고 집에 두고 왔나? 그럴 리는 없는데……."

조금 전의 추태를 들킨 뒤에 지금 이 상황. 이미 머릿속은 수치심 때문에 완전히 새하얘졌다.

"음? 뭐— 하루 정도는 괜찮다. 너는 매일 꼬박꼬박 보여주니까. 의심하지 않으마."

보다 못한 버스 기사 아저씨가 내 머리를 쓱쓱 쓰다듬더니 씨익 미소를 지었다. 가슴에 안도의 바람이 불어 들어왔다.

아— 이 얼마나 좋은 사람인가. 「무임승차」로 연행되어도 할 말이 없는데, 이 사람의 양심 덕분에 목숨을 구원받았다.

"그, 그래도 되나요?! 죄송해요. 내일은 제대로 가져올 테니까……."

"그래! 괜찮아. 신경 쓰지 마라. 그보다 꼬맹아……."

버스 기사 아저씨는 머리를 쓰다듬는 것을 그만두고 갑자기 진지한 표정을 지으며 눈을 번쩍 빛냈다.

"네? 아, 네. 무슨 일이세요?"

다시 찾아온 불안감에 심장이 꽉 움츠러들었다. 역시 정기 승차권을 잊어버린 건 좋지 않았나…….

"아니— 조금 전 『하고 싶다…….』라고 투덜거렸잖냐. 아저씨도 꼬맹이 정도의 나이 때는 그야 매일 하고 싶고 하고 싶—."

"감사했습니다! 그럼 다음에 뵐게요!"

버스 기사 아저씨가 무서운 착각에서 우러나온 말을 다 마치기 전에, 나는 매우 빠른 속도로 버스에서 뛰어내렸다. 착지하자마자 정면에 우두커니 서 있는 완전히 낡아 빠진 지붕이 달린 정류장에서 오른쪽으로 꺾었다.

여름풀이 잔뜩 자라난 보도를 달려 나갔다.

멀리서 "조심해서 들어가라~." 하고 외치는 소리가 들려왔지만, 저 아저씨는 위험하다. 몹시 위험하다. 왠지 잘 모르겠지만 확실하게 위험하다. 한시라도 빨리 잊어버려야 해.

달리던 발을 조금 늦추고 상체를 일으키자, 끝없이 이어지는 2차선 도로 저 멀리 잿빛으로 물든 산들에 서서히 태양이 먹혀 들어가기 시작했다.

해가 점점 길어졌다.

밤에는 아직도 춥지만, 이 시간에도 낮의 열기가 어렴풋하게 남은 공기에 여름이 가까워졌다는 사실을 피부로 느낄 수 있었다.

"올여름은 뭘 할까―. 작년에는 계속 밭일을 도왔던가. 올해는 좀 봐줬으면……."

이 시골 촌구석에서 탈출하지 못하고 벌써 10년. 머릿속에서 여름 하면 떠오르는 것은 극심한 더위 속에서 흙투성이가 되도록 밭일을 했던 기억뿐이다.

"어딘가 여행을 가는 건…… 뭐, 무리겠지. 돈도 없고. 그래도 꼭……."

아사히나 히요리는 어딘가 멋진 여름을 만끽할 수 있는 곳으로 여행을 떠나겠지. 왠지 모르겠지만 그럴 것이라 확신했다.

나와 사는 세계와 처지 등 모든 것이 다른 그녀는 분명 이렇게 평범한 내가 상상도 하지 못할 풍경을 봐왔겠지.

알고 있다. 그렇기 때문에 동경하고 반해버린 것이다.

그런 생각을 하며 석양빛을 받아 온통 주홍색으로 물든 광대한 밭을 바라보았다. 그러자 휑뎅그렁한 밭 맞은편, 마을에서 약간 떨어진 작은 우리 집의 조그마한 굴뚝에서 연기가 가느다랗게 피어오르는 모습이 보였다.

마지막으로 이 마을을 나간 것은 언제였을까. 떠오르지 않는다는 말은 아마 그만큼 오래된 일이라는 소리겠지.

그리고 아직 겨우 십몇 년밖에 살지 않았는데도, 그런 일조차 떠올릴 수 없을 정도로 따분한 인생이었겠지.

다음에 이 마을을 나가는 것은 언제가 될까.

문득 아사히나 히요리와 전철을 타고 목적지를 살피며 마주 웃는 미래를 상상했다.

가슴 언저리가 욱신거리며 경고했다. 이미 무의식적으로 「그럴 리 없다」는 사실을 알고 있었다.

"그렇다고 그렇게 간단히 포기할 수는……."

작게 한숨을 쉬고, 집까지 얼마 남지 않은 거리를 달려갔다.

어딘가에서 허세를 부리는 나에게 「조급해하긴.」 하고 비웃는 목소리가 들리는 것만 같았다.

*

"조, 조금만 더……."

혼을 불어넣듯이 신중하게 한 땀 한 땀 마음을 담는다.

"귀엽게 만들어줄 테니까……."

시각은 밤 열 시가 되려는 참이었다.

감사하게도 엄마가 매일 정성껏 청소해주는 이 방은 오늘도 청결한 느낌이 넘치고 있었다.

집으로 돌아온 뒤로 창가에 놓인 책상 앞에 걸터앉아서 바느질을 했다. 조금 꿰매고 바라보고, 다시 조금 꿰매고는 바라보며 치유 받는 과정을 반복한 지 어느덧 네 시간 정도가 지나, 지금에 이른다.

그렇다. 감출 게 뭐 있겠나. 족히 석 달 넘게 제작한 대작 「말하는 히요리 손뜨개 인형」이 드디어 완성을 눈앞에 두고 있었다.

"이것은 아사히나 팬의 역사를 뒤바꿀 거야……!"

내가 만들었지만 무심코 감탄이 새어 나올 정도의 솜씨에 소름이 돋았다.

사랑스러우면서도 언제나 다가가기 힘든 분위기가 한데 모인 얼굴. 귀엽고 단정한 검은 머리카락에, 원피스 타입의 스커트. 이미 그녀의 사복 패션에 대해서는 전부 파악하고 있지만, 이번에는 그중에서도 가장 그녀가 마음에 들어 하는 것으로 보이는 이 옷을 선택했다.

이 인형 제작의 핵심은 핸드폰을 구입하려고 뛰어 들어간 전파사에서 발견한 이 테이프 녹음기이다.

이 인형에 몇 주간이나 아사히나 히요리의 앞을 지나다니며 녹음한 그녀의 목소리가 담긴 테이프를 넣고 이것을 등의 지퍼를 열어 내부에 장착해서, 마치 그녀와 실제로 대화를 나누는 것처럼 느낄 수 있도록 만들 생각이었다.

제작할 때 내건 테마인 「한껏 차려입고 도시로 외출!」을 향해서 한 점 흔들림 없이 제작을 감행한 이번 작품은 이제까지 아사히나 팬들이 가져왔던 상식을 낡은 것으로 바꿔버리겠지.

그런 초대작이 앞으로 한 땀…… 앞으로 한 땀만 더 꿰매면 완성되는 것이다.

잠시 손을 멈추고 눈을 감았다.

돌이켜 생각하면 요 3개월 동안 자신의 인생에서 가장 큰 여행을 한 것일지도 모른다.

아니, 물론 머릿속에서 일어난 일이지만, 나는 제작 의식을 높이기 위해 아사히나 히요리와 전국 방방곳곳을 여행하는 망상을 한 끝에 일본을 세 바퀴 정도 돈 상태다.

"……좋아."

그런 추억에 잠긴 것도 한순간, 드디어 마지막 한 땀을 꿰매기 위해 다시 의식을 집중했다.

"이것으로…… 드디어……!"

"히비야~! 전화 왔다! 내려오렴!"

갑자기 울린 엄마의 커다란 목소리에 손이 삐끗해서 내리찍은 바늘은 끔찍하게도 「말하는 히요리 손뜨개 인형」의 몸통에 꽂혔다.

"끄아아아아아아아아아아아!"

너무나도 끔찍한 상황을 견디지 못하고 큰 목소리가 나왔다. 집중하느라 날카로워진 머릿속에서는 아사히나 히요리의 몸통에 거대한 철 기둥이 꽂히는 이미지가 연상되었다.

"무, 무슨 짓을…… 나는…… 나는……!"

부들부들 떨리는 손으로 얼굴을 감쌌다.

머릿속에서는 나의 외침에도 불구하고, 아사히나 히요리가 내 품속에서 뭔가 마지막 말을 하고 있었다. 하지만 솔직히 대화를 나눈 기억이 거의 없어서, 구체적인 대사는 떠올리지 못하고 분위기만 상상할 수 있었다.

"히비야~! 빨리 내려오라니까!"

엄마가 재촉하는 간격이 점점 더 빨라지기에, 이쯤에서 일단락을 짓고 부랴부랴 내려가기로 했다.

"아~ 정말, 알았어! 지금 갈 테니까!"

조심스럽게 「말하는 히요리 손뜨개 인형」을 책상 위에 놓고, 의자를 빙글 돌려서 문과 마주 보는 위치에서 뛰어내렸다.

문을 열고 집요하게 삐걱삐걱 울리는 계단을 달려 내려가서 1층 복도에 설치된 전화기에 다다랐다. 낡은 다이얼식 전화기의 수화기는 탁자 위에 아무렇게나 굴러다니고 있었다.

"뭐야 이런 시간에……. 그보다 도대체 누가 전화했지?! 엄마는 왜 그런 걸 제대로 말해주지 않는 거야……."

여전히 의문스러웠지만 아무튼 수화기를 들고 말을 걸었

다. 이런 시간에 전화를 거는 녀석이다. 분명 변변치 못한 녀석이겠지. 통명스럽게 받아도 될 것이다.

"아~ 여보세요? 히비야입니다만 누구—."

『느려!』

나는 있는 힘껏 퉁명스럽게 전화를 받을 생각이었지만, 전화를 건 상대가 나보다도 훨씬 프로급으로 퉁명스러웠다. 나는 엉겁결에 깜짝 놀라서 어찌할 바를 몰랐다.

그리고 전화기 너머로 들리는 「목소리」에 상대방의 태도 같은 것은 어찌 되든 상관없을 정도의, 뜻하지 않은 엄청난 충격을 받았다.

"어? 무슨……."

『느리다고 말했어. 나는 지금 서서 전화를 하고 있거든? 그래서 기다리느라 굉장히 지쳤는데 말이지.』

이 태도와 목소리는 틀림없다. 틀릴 리가 없다.

아사히나 히요리는 평소와 다름없는 방약무인한 태도로 수화기 저편에 존재하고 있었다.

『잠깐만, 듣고 있어? 여보세요~. 어이~.』

"아, 아사히나?! 드, 듣고 있어! 응! 굉장히 잘 들려!"

너무나도 갑작스러운 일에 머리가 돌아가질 않았다.

아사히나 히요리가 던진 말에 반사적으로 대답해버렸다.

『그, 그 텐션은 뭐야. 기분 나빠……. 아~ 뭐 상관없어. 너에게 잠깐 상담하고 싶은 일이 있는데.』

“사, 상담……?”

『응, 상담. 그보다는 거래라고 할까? 뭐, 어느 쪽이든 상관없지만.』

누가 이런 전개를 예상했을까. 버스 안에 있던 나여. 「하고 싶다…….」고 말했던 나여.

드디어 이루었다고.

하지만 이런 한밤중에 무슨 상담을 한다는 걸까.

“나라도 괜찮다면 얼마든지 대환…… 아, 아니, 좋아. 상담이라니 뭔데?”

『너 정기 승차권 떨어뜨렸지? 오늘 학교 복도에서 주웠는데 네 이름이 적혀 있었어.』

그것은 몹시 알기 쉬운 이유였다. 「말하는 히요리 손뜨개 인형」의 제작에 몰두했던 탓인지, 정기 승차권의 행방에 대해서는 완전히 잊어버리고 있었다. 하지만 설마 이런 식으로 알게 될 줄이야.

아니, 다시 생각해보면 그 버스 기사 아저씨 탓도 있다.

그 외설스럽기 짝이 없는 버스 기사 아저씨의 존재를 잊으려고 애쓴 탓에 정기 승차권의 존재 자체를 기억 저편으로 지워 없앴던 것이다.

하지만 이것으로 납득이 갔다.

과연, 떨어뜨린 물건을 주웠다는 걸 전하기 위해서 일부러 전화 해주었구나. 이 얼마나 다정한지. 역시 아사히나 히요리는 천사…….

……아니, 잠깐 기다려.

뭔가 중요한 것을 잊어버린 듯한 기분이 든다. 뭔가 엄청난 것을…….

—등교 직전에는 엄선된「아사히나 히요리 트레이딩 브로마이드」중에서도 특별히 마음에 드는 한 장을 골라서 정기 승차권 케이스에 넣은 뒤 미소를 지으며 등교했다.—

『……저기, 제대로 듣고 있어? 조금 전부터 이상하게 뜸을 들여서 짜증 나는데. 그래서 네 정기 승차권에 말이지…….』

"내 게 아니야!"

『뭐?』

물웅덩이가 생기지 않을까 싶을 정도로 성난 파도 같은 땀이 솟아나왔다.

머릿속에서「위험해위험해위험해위험해위험해위험해위험해위험해위험해위험해위험해위험해」하고「위험해 축제」가 엄청나게 번창했고, 중심에 자리 잡은 사형대에서는 이제

막 책형을 당한 아마미야 히비야의 목덜미에 단두대가 떨어지려 하고 있었다.

위험해.

아무튼 위험해.

하필이면 오늘 정기 승차권 케이스에 넣은 브로마이드는 봄바람에 살짝 젖혀진 치마가 다소 저속하면서도 견딜 수 없는, 극단적으로 위험한 사진이었다.

그런 사진을 정기 승차권 케이스에 넣고 태연하게 지내고 있다는 사실을 당사자에게 들켜봐라. 모든 것이 끝난다. 완전 깔끔하게 흔적도 없이.

뭐가 「말하는 히요리 손뜨개 인형」이냐. 바보냐. 내가 내 무덤을 판 격이잖아.

어떻게든 하지 않으면…… 어떻게든…….

『하지만 여기 네 이름이 적혀 있는걸. 아니면 떨어뜨린 걸 깨닫지 못했다거나……. 버스에서는 어떻게 내린 거야?』

"나, 나랑 같은 이름을 가진 다른 사람 아닐까~? 그치! 아마미야 히비야라는 이름을 가진 사람은 어디에나 있을 거고."

『이런 이상한 이름을 가진 사람이 너 말고 또 누가 있겠어. 그보다 말이지. 이 정기 승차권 케이스 뒤에 들어 있는 사진 말인데…….』

어떻게 할 방법이 없었다. 머릿속에서 벌어지는 「위험해 축제」의 열기가 최고조에 이르렀다.

사형대 위에서는 복면을 쓰고 훈도시[#3]를 두른 건장한 남자들이 「슬근슬근」하고 단두대 줄에 검을 들이밀기 시작했다.

사형대 위에서 아마미야 히비야는 뭔가를 깨달은 듯 기분 좋은 표정을 짓고 있었다.

이제 무리다. 이제 무슨 말을 해도 벗어날 수 없다. 그렇다면 하다못해 깔끔하게 최후를 맞이하도록 하자.

『이건…….』

"그, 그래 맞아! 이루어질 리 없다는 건 알지만, 좋아하니까 꿈을 꾸는 정도는 괜찮잖아??!"

솔직하게 마음을 전할 생각이었지만 어째선지 삐딱한 말투가 튀어나왔다.

사람은 아무리 각오를 하더라도 결국 자신을 보호하게 되는 법인가.

『어머, 뭘 그렇게 흥분하는 거야……? 기분 나빠.』

그리고 선례대로 그 마음은 덧없이 부서져 흩어졌다.

아사히나 팬 인생 최후가 될 뜨거운 눈물이 조용히 볼을 따라 흘렀다.

눈을 감자 지금의 나와 마찬가지로 덧없이 흩어져간 남자

#3 훈도시 남성의 음부를 가리기 위해 폭이 좁고 긴 천으로 만든 일본의 전통적인 속옷.

아이들이 하늘에서 실오라기 하나 걸치지 않은 모습으로 날 맞이하러 오고 있었다.

지금까지 마구 바보 취급해서 미안했다. 어서 빨리 데려가 줘.

가능하다면 브로마이드 몇 장과 손뜨개 인형만은 가져갈 수 있게 해줘.

이런 쓸데없는 망상으로 자신의 죽음을 미화하려고 하는데, 아사히나 히요리의 입에서 뜻밖의 말이 튀어나왔다.

『왜 이루어지지 않을 거라고 단정 짓는 거야? 사람이 모처럼 이루어주려고 전화했는데.』

"네에?"

올해 들어 내가 한 대답 중 기분 나쁜 대답 TOP 3에 들어갈 대답이 튀어나왔다. 그 정도로 아사히나 히요리가 무슨 말을 하는지 이해하기 어려웠다.

하지만 확실히 「이루어주겠다」고 말했다. 도대체 어떻게 된 일이지?!

"이루어주겠다니…… 그건 혹시……."

『그러니까 그대로의 의미라니까. 너의 열렬한 마음을 잘 알겠으니까 이루어주겠다고 말하는 거야.』

머릿속 「위험해 축제」 회장 중심에 자리 잡은 사형대가 대폭발과 함께 산산조각 나면서 날아갔다.

책형을 당했던 아마미야 히비야는 어떤 초월적인 힘에 눈뜬 것처럼 지금까지 자신을 궁지에 몰아넣었던 단두대의 칼날을 마치 설탕 공예품처럼 손에 쥐고 녹였다.

"저, 저저성말로?! 어, 어어어어어어 진짜로?! 그런 거였어?! 어어어어어 그래도 괜찮겠어?!"

『목소리가 너무 커. 시끄러워. 기분 나빠! 같은 말 여러 번 말하게 하지 마!』

"네, 넵!"

『좋아. 뭐, 그런 반응이 나오는 것도 이해는 가지만. 그래서, 그렇게 갖고 싶어? 계속 그 생각만 하고 있었지?』

예상치 못한 과격한 표현에 심장이 이상할 정도로 크게 뛰었다. 오늘은 정말 심장이 분주한 날이구나.

「갖고 싶어」?! 그런 말을 해도 되는 건가?! 요즘 세상은 **그런 것**이 허용되는 분위기인가?!

아니 아니 아니, 무슨 생각을 하는 거야. 그런 문란한 태도는 곤란하다.

그러면 원숭이와 마찬가지가 아닌가. 몹시 좋지 않다.

"네, 엄청 갖고 싶습다."

아마미야 히비야는 고심한 끝에 원숭이가 되기로 했다.

이런 기회에 누가 착한 아이인 척하겠는가.

어엉?! 발칙하다고?! 그런 건 내가 알 바 아니다!

『정기 승차권에 넣어서 들고 다닐 정도니까, '어지간히 좋아하는구나.'라고 생각하긴 했지만. 그럼 이루어줄게.』

"그, 그래도 돼……? 정말로……?!"

아까는 땀이 넘쳐흐르더니 이제는 코피가 넘쳐흘렀다.

조금 전에 맞이하러 왔던 알몸의 남자아이들이 귀신처럼 무서운 표정으로 나를 노려봤지만, 물론 내가 알 바 아니다. 괴물 녀석들. 사라져버려라.

『하지만 조건이 하나 있어. 조금 전에 말했던 거래라는 건데, 내 부탁을 하나 들어줘.』

아사히나 히요리는 무척 담담한 말투로 몇 번이고 확인했다. 보통 이런 이야기를 할 때는 약간 부끄러워하는 반응을 보여도 괜찮지 않나. 아니, 역시 내가 잘 모를 뿐 최신 연애 유형은 상당히 건조한 형태일지도 모른다.

하지만 그런 유행을 좇아서 겉만 번지르르한 연애로 만족할 성 싶은가. 그렇다. 분명 그녀는 부끄러움 많은 수줍은 소녀인 것이다. 여기서는 남자인 내가 제대로 리드해야 한다.

"물론이지! 내가 할 수 있는 일이라면 뭐든지 할게! 맡겨줘! 그래서 어떤 부탁인데?"

『기, 기세가 엄청나네……. 뭐, 거래라고는 해도 결국 너의 『소원』을 위해서이기도 하니까. 그나저나 여름 방학 때 한가해?』

"한가해! 응! 집안일을 돕는 것 말고 특별히 이렇다 할 예정은 없어!"

『그, 그래. 그럼 여름 방학 내내 시간을 비워둬. 도시로 나갈 거니까. 아, 우리 둘만 나갈 거야.』

"네?"

어느 정도의 난관은 헤쳐 나가리라 각오했지만, 아사히나 히요리의 요구는 스케일이 터무니없이 거대했다.

「근처에 데이트하러 가자.」라는 부탁이라면 모를까, 기껏해야 「좀 근사한 계곡을 발견했는데 주먹밥이라도 먹으러 가자.」 정도로 권유하는 이런 시골에서는 고등학생이라도 좀처럼 「도시로 나가자.」라는 말은 입 밖으로 꺼내지 않았다.

게다가 「단둘이」라니 아무리 모험을 해도 유분수지. 도저히 가볍게 대답할 만한 이야기는 아닌데…….

"가, 갑자기 왜 또 도시인 거야? 게다가 단둘이 가다니……."

『별 이유 없어. 조금 갖고 싶은 게 있어서 도시에 나가고 싶으니까 『짐꾼』으로 권유하고 있을 뿐이야. 뭐야? 나랑 가는 건 싫다는 거야?』

"아, 아니 설마 그럴 리가! 하지만 그…… 우리 부모님은 무지 엄하시니까 돈이라거나……."

『그 부분은 괜찮아. 우리 집은 돈이 넘쳐날 정도로 많으니까 네 몫 정도는 내줄게. 뭐, 부모님께 비밀로 하고 갈 생각이니까……. 아! 너도 물론 비밀로 해야 돼. 아무한테도 말하면 안 돼.』

"부모님한테도 비밀로 하라고?!"

『그래. 애초에 너의 『소원』을 이루기 위해서라면 그편이 낫잖아? 부모님이 엄하시지?』

그 말대로 무서워서 여자애와 사귄다는 말은 할 수가 없다. 「부모님께 비밀로 하고 좋아하는 애와 여행」. 확실히 내 소원은 멋지게 이루어질 것이다.

과연, 아사히나 히요리의 집이 유복하다는 사실은 이 일대에서 유명한 이야기고, 어린애 두 명분의 여비를 마련하는 것 정도는 간단한 일일지도 모른다.

하지만 단지 원하는 것을 사기 위해서 도시로 나가고 싶다면 부모님께 부탁하면 될 텐데.

내 소원을 이루기 위해서라는 말도 그다지 와 닿지 않았다. 나는 굳이 도시로 나가지 않아도, 마을 안에서 잠깐 데이트하는 것만으로도 충분히 만족스러웠다.

왜 일부러 위험을 감수하면서까지 나와 단둘이서 도시로 나가고 싶어 할까. 그 의문에 대해 가장 설득력 있다고 생각되는 대답은 이미 머릿속에 나와 있었다.

"……그 정도로 나에게 홀딱 반한 건가."

『응? 뭐라고 했어?』

"아, 아~ 아니 아무것도 아니야! 응!"

자아도취에 빠지려던 머리를 바로 전환했다.

요컨대 아사히나 히요리는 어찌할 수 없을 정도로 나에게 반해버린 것이다.

그런 마음이 깊어지고 있을 때, 자신의 브로마이드가 들어간 내 정기 승차권을 주웠겠지. 그래서 이렇게 「상담」이나 「거래」라는 단어를 쓰면서 나와 가까워지려 하는 것이다.

아마 겉으로는 내 소원을 이루어준다는 대의명분을 내걸면서, 어쩌면 본심으로는 지금 당장이라도 나를 껴안고 싶다고 생각하고 있을지도 모른다.

「단둘이서 멀리 가고 싶다.」라고 부탁하는 것이 좋은 증거다. 결국 나와 둘이서 멀리 가고 싶다는 쑥스러운 마음을 「짐꾼」이라는 단어로 감추려 하는 것이겠지.

"알았어. 너의 마음 잘 받을게……!"

『왜, 왠지 기분 나쁘네……. 알겠니? 너도 내가 원하는 것을 손에 넣을 수 있도록 협력해야 해. 도움이 되지 않으면 바로 돌려보낼 테니까.』

아사히나 히요리는 여전히 새침한 태도를 취하고 있었다. 하지만 나에 대한 애정을 감추기 위해서 그런 것이라고 생각하면 생각할수록 사랑스러워 보였다.

하지만 「갖고 싶은 것」이 도대체 뭘까.

물론 그것도 구실일 가능성이 매우 높지만…….

"아, 응! 물론이지…… 근데 그『갖고 싶은 것』이 뭔데?"

『응? 최근 인기 있는 신인 아이돌의 사인을 갖고 싶은데. 본 적 없어?『당신의 마음을 사로잡는 천진난만한 열여섯 살!』이라는 광고. 나 그 사람 굉장히 좋아하거든~. 정말 귀여워!』

"아, 아니, TV를 보지 않아서 모르겠는데……. 흐, 흐음~ 그렇구나……."

순식간에 마음이 차가워졌다.

그 아이돌 이야기를 시작하자마자 열기를 띤 아사히나 히요리의 말투는「나와 함께 데이트 하기 위해서 멀리 나가고 싶은 거겠지.」하고 들떠 있었던 나에게 현실을 직시하게 만들기에 충분했다.

생각해보면 당연한 일이었다. 단순히 나와 시간을 보내기 위해서 도시에 나갈 리가 없다. 아무리 꿈을 꿔도 유분수지.

그렇다 하더라도 어떤 아이돌인지는 모르겠지만, 이렇게나 아사히나 히요리의 마음을 사로잡다니 대단하다.

"하, 하지만 그런 유명한 사람의 사인은 좀처럼 손에 넣기 어렵지 않을까……."

『훗훗훗. 보통 그렇겠지. 하지만 이번에 손에 넣을 수 있는 기회가 찾아왔어.』

아사히나 히요리는 거드름을 피우며 약간 과장스럽게 말

했다.

“기회? 사인회 참가 티켓이라든가?”

『아니 틀려. 그보다 애초에 그 사람은 사인회를 전혀 열지 않아. 왠지 인기가 너무 많아서 어디에서 사인회를 열어도 사람이 엄청나게 몰려드는 모양이라.』

신인 아이돌임에도 불구하고 사인회도 열지 못할 정도로 인기가 많다니, 도대체 얼마나 절세미인이길래 그런 걸까.

아니, 그런 것은 중요하지 않다.

아사히나 히요리보다 아름다운 여성이 이 세상에 존재할 리 없다.

하지만 사인회도 열지 못할 정도라면 사인을 얻기란 더더욱 어렵지 않을까.

설마 「무슨 수를 써도 되니까 네가 방법을 생각해서 받아와.」라고 말하는 건…….

『뭐, 설명을 하자면 우리 형부가 학교 선생님이거든. 무려 그 아이돌이 자신의 제자라는 거야! 얼마 전에 형부와 전화를 했을 때 『사인 받아다 줄 테니까 오봉에 놀러 와라.』라고 말했거든~. 그래서 뭐 가는 김에 관광도 할 겸 놀러 갈까 했더니 부모님이 『공부도 안 하면서 무슨 소릴 하는 거니~.』라고 화를 내더라고.』

“그래서 부모님께는 비밀로 하고 여행을 간다는 말이구나…….”

『그래. 그런 거야. 하지만 혼자서 도시에 가는 것은 처음이라서 너를 짐꾼으로 부르게 된 거야. 이해됐어?』

확실히 그런 이유라면 『둘만의 여행』이라는 터무니없는 말을 꺼낸 것도 납득이 갔다.

친척이 그 아이돌인지 뭔지의 지인이라면 사인도 높은 확률로 손에 넣을 수 있을 것이고, 무엇보다 숙박 문제도 해결된다.

아사히나 히요리의 성격상 부모님에게 야단을 맞으면 혼자서라도 가려고 할 테니, 그런 점에서도 「부모님께 비밀로 하고 단둘이서」라는 의미가 명확해졌다.

하지만 그렇다면 더더욱…….

"구, 굳이 꼭 나랑 같이 가야 할 필요가 있나……?"

『응? 없는데. 굳이 말하자면 내가 시키는 대로 다 할 것 같아서?』

뭔가 날카로운 물건이 심장에 「푹」 하고 꽂히는 느낌이 들었다. 종잡을 수 없는 아사히나 히요리의 태도를 보고 조금 전까지 「홀딱 반한 건가…….」라고 말씀하셨던 아마미야 히비야의 미소는 보기 좋게 안개처럼 흩어져 사라졌다.

아니나 다를까 아사히나 히요리의 눈에는 아이돌 사인만 들어오고, 그 이외의 것에는 아무런 관심이 없어 보였다.

그렇다면 결론은 하나였다. 아사히나 히요리는 딱히 나에게 연애 감정을 품은 것이 아니다.

조금 전까지 머릿속 「위험해 축제」 회장이 있던 자리에서 복면 남자들을 차례차례 쓰러뜨리는 살육 쇼를 반복하고 있었던 슈퍼 히비야는 바로 그 순간 오그라들어서 무릎을 털썩 꿇었다.

"하지만…… 내 소원을 이루어준다더니…… 그건 본심이 아니었단 말이야?! 그런 건 그렇게 간단하게는……."

『그러니까 조금 전부터 무슨 말을 하는 거야? 같이 핸드폰 사러 가주겠다는데, 본심이고 뭐고 필요 없잖아.』

핸드폰?

왜 갑자기 핸드폰 이야기로 넘어가는 걸까. 지금까지 나눴던 대화 속에서 핸드폰에 대한 화제가 나온 적은 없었을 것이다.

잠깐.

우선 대화의 흐름을 하나하나 되짚어 보자.

아사히나 히요리는 내 정기 승차권 케이스를 줍고, 안에 들어 있던 브로마이드를 발견했다. 그것을 보고 분명히 "열렬한 마음은 알겠으니 이루어주겠다."라고 말했다.

그리고 잊을 리 없는 "갖고 싶어?"라는 말까지 꺼냈다. 그 말은 절대로 잊을 수 없다.

그런데 어떻게 그게 핸드폰에 대한 이야기로 이어지는 거지?

그럴 요소는 하나도 없을 텐데…….

"……아!"

문득 머릿속에 떠오른 하나의 불길한 가설에 무심코 목소리가 새어 나왔다.

그것은 마치 부족했던 한 조각의 퍼즐처럼, 지금 이 상황에서 느껴지는 위화감을 설명하기에 충분해 보였다.

무심코 복도에 놓인 전신 거울을 보자, 학교에서 돌아온 모습 그대로의 자신이 비쳤다.

허둥지둥 항상 정기 승차권을 넣어두었던 가슴 주머니에 손을 집어넣었다. 그리고 정기 승차권과 마찬가지로 항상 가슴 주머니에 숨겨두었던 어떤 물건이 사라졌다는 사실을 깨달았다.

『너, 정기 승차권 케이스에 광고지를 오려 넣을 정도로 핸드폰이 갖고 싶었잖아? 모처럼 그 소원을 이루어주기 위해서 도시로 데려가 주겠다는데, 왜 트집 잡는 거야?』

그 순간 자신의 어리석은 착각이 뚜렷하게 모습을 드러냈다. 동시에 기뻐서 어찌할 바를 몰랐던 마음은 굉장한 기세로 땅에 내동댕이쳐졌다.

아사히나 히요리가 본 것은 브로마이드가 아니었다.

언젠가 아사히나 히요리와 말할 기회가 생길 때 화제로 삼을 수 있도록, 아무 생각 없이 항상 가슴 주머니에 넣어두었던, 핸드폰 판매 정보가 적힌 백화점 광고지였던 것이다.

왜 여태껏 눈치채지 못했을까.

갑자기 아사히나 히요리가 나에게 전화를 걸었다는 사실에 동요하기는 했다.

하지만 너무나도 심각한 착각에 빠졌던 것이다.

뭐가 「수줍은 소녀인 것이다」냐. 뭐가 「엄청 갖고 싶습다」냐. 빌어먹을 진성 색골 자식 죽어버려라.

바로 조금 전 일을 떠올리는 것만으로도 "우와아아아아아아아아아아아!" 하고 부르짖으며 머리를 기둥에 세차게 박고 싶어졌다. 하지만 여전히 가장 큰 의문 하나가 해결되지 않았다는 것을 깨달았다.

"……정기 승차권 케이스에 광고지 말고 또 뭐 없었어?"

주뼛주뼛 물어보니, 아사히나 히요리는 정말 질렸다는 듯이 한숨을 한 번 쉬고 퉁명스럽게 말했다.

『소중한 거야? 광고지 외에는 아무것도 없었는데……. 뭔데? 뭔가 중요한 것이라도 들어 있었어?』

"아니, 응. 뭐……."

역시나. 아사히나 히요리는 트레이딩 브로마이드를 가지고 있지 않았다.

그도 그럴 것이다. 만약 그녀가 브로마이드를 손에 넣었다면 내가 아니라 경찰서의 소년 범죄과에 전화를 걸었겠지.

하지만 생각해보면 어쩐지 이유도 짐작이 갔다. 학교, 게다가 아사히나 히요리와 비슷한 학년일수록 아사히나 히요리의 팬이 많았다.

— 돌을 던지면 아사히나 팬에게 맞는다. —

그 말은 사실이다.

그런 굶주린 하이에나 녀석들 중 한 마리가, 일류 아사히나 팬인 내가 고른 브로마이드가 들어 있는 정기 승차권 케이스를「아사히나 히요리가 줍기 전에 먼저 주웠다면」어떻게 할까?

대답은 명백했다.

정기 승차권 케이스에서 브로마이드를 빼내고 정기 승차권 케이스는 원래 있던 장소에 버리겠지. 시골 안에서도 특히 벽촌으로 들어가기 위한 정기 승차권을 가져가 봤자 득이 될 리 없었다.

게다가 정기 승차권에는 이름까지 적혀 있다. 그렇게 꼬리가 잡힐 만한 물건을 훔치면 불리할 뿐이다.

하지만 브로마이드만이라면 훔치기 딱 좋았다. 그런 발칙한 브로마이드를 "잃어버렸습니다. 찾으면 연락 주세요."라고 경찰에 신고하면 그 자리에서 소년 범죄과로 끌려갈 것이 뻔했다.

물론 다른 사람들에게 브로마이드의 행방을 물어볼 수도 없으니, 보통 훔쳐도 비난받을 일은 없을 거라고 생각하겠지. 아마 광고지는 때마침 반으로 접는 정기 승차권 케이스 사이에 끼어 있었던 모양이다.

어쩌면 맨 처음에 주운 하이에나 아사히나 팬이 친절하게도 정기 승차권 케이스 안에 광고지를 다시 넣어줬을지도 모른다. 브로마이드를 가져간 것은 몹시 화가 났지만, 동시에 감사 인사를 해야 했다. 아사히나 히요리에게 내 성벽을 들켰다면, 나는 고소당했겠지. 어떤 의미로는 목숨을 건진 것이다. 만약 아사히나가 내 성벽을 알게 되었다면 어떻게 되었을지 생각하니 토할 것 같았다. 몇 년 동안 콩밥을 먹었을 거다.

"과연, 그런 건가……."

수화기를 든 채로 전화기가 놓인 탁자에 등을 기대고 주르륵 주저앉았다.

『너, 너 태도가 조금 이상하네…….』

"아~ 응. 조금 이상했지. 미안."

결국 착각에 빠져서 시시한 망상을 하고 있었을 뿐이다.

조금 전까지 느꼈던 행복감과의 차이 때문에 완전히 기운이 빠져서 일어날 수 없었다. 하지만 어딘가 안심이 되기도 하는 그런 이상한 감각이었다.

어차피 그림의 떡. 역시 아사히나 히요리는 나 같은 사람은 도저히 닿을 수 없는 높은 산에 핀 꽃이었다. 그래도 항상 천연덕스럽게 꿈을 꾸고 있었다. 그러나 막상 눈앞에 커다란 가능성이 나타났다가 사라져버리자, 현실을 새삼 뼈저리게 느끼게 되었다.

분명 이제 나에게 그런 행복한 일 같은 건…….

『그래서? 갈 거야 말 거야?』

"어?"

아사히나 히요리는 시비 거는 말투로 그렇게 말했지만, 내 대답을 기다리고 있었다. 진정되기 시작했던 심장이 다시 두근두근 고동쳤다.

그렇다. 아직 끝난 게 아니다.

오히려 나는 지금 있을 리 없는 기회 앞에 서 있지 않은가.

내 착각이나 아사히나 히요리의 변덕이라고 해도, 지금 그녀는 분명 내 가까이에 존재하고 있었다.

수화기 너머로 나에게 말을 걸고 있다. 함께 가자고 권유하고 있다. 거기에 아무 의미가 없다 해도, 이렇게 기쁜 일이 또 있을까.

수화기를 잡지 않은 손으로 허리를 힘껏 받치며, 주저앉았던 몸을 일으켰다.

“당연히 갈 거야. 함께 즐거운 여름 방학을 보내자.”

그렇다. 지금부터 시작하면 된다. 분명 뭔가가 돌아가기 시작했다.

우연이든 운명이든 뭐든 좋다. 어떤 일이 일어나도 포기하지 않는다면, 내 마음은 분명 전해질 것이다.

『흥. 그럼 마구 부려먹을 테니까 각오해. 내일부터 계획을 세울 거야. 알았어?』

“응! 잘 부탁해!”

『그래. 나도 잘 부탁해. 그럼 또 보자.』

달칵하는 소리와 함께 아사히나 히요리의 목소리는 들리지 않게 되었다.

긴장으로 굳었던 몸을 이완시키듯이 숨을 크게 쉬었다.

문득 현관 쪽을 보니 왠지 모르게 바깥 공기를 쐬고 싶다는 충동에 사로잡혔다. 복도를 나아가서 뒤꿈치가 접힌 신발을 그대로 신고 현관을 나가자, 여름풀 냄새가 스며든 싸늘한 공기가 살며시 흘러들어왔다.

현관 앞에 뻗은 길을 걸어가면서 올려다본 푸른 밤하늘에는, 커다란 보름달이 빛나며 가로등이 적은 벽촌의 시골길을 환히 비추고 있었다.

이제 곧 여름이 시작된다. 우리밖에 모르는 모험이 시작되는 것이다.

나는 아직껏 들뜬 기분이 가시지 않아서 분명 계속 잊을 수 없는 여름이 될 거라고, 멀리 보름달을 보며 기대를 품었다.

칠드런 레코드1

드르륵드르륵 큰 소리를 내면서 응급 환자 이송 침대가 힘차게 눈앞을 지나갔다.

바로 눈앞을 지나가서 놀랐지만, 저쪽이 그런 것에 신경 쓸 상황이 아니라는 것은 일목요연했다.

그 침대가 옮기고 있는 것은 어쩌면 이 세상에서 가장 무겁고, 가장 덧없는 것일지도 모른다.

그래서 병원이 싫었다. 그것과 마주 보게 되기 때문이다.

평소 누구나가 마비된 채 생활하고 있는, 도망칠 수 없는 죽음에 대한 공포를 「이런 것이다.」라고 억지로 깨닫게 되기 때문이다.

그로부터 시간이 얼마나 흘렀을까.

갑자기 달린 탓에 「우엉보다 조금 더 단단한」 수준인 내 다리는 부들부들 떨고 있었다. 아마도 이제 한동안은 쓸 수 없겠지.

당연하다. 평소 다리를 쓸 기회는 화장실과 욕조에 들어갈 때뿐이었다. 그런 다리로 쇼핑과 놀이공원으로 끌려다닌 끝에 갑자기 전력 질주를 하게 된 것이었다. 내가 아니더라도 이렇게 되겠지.

그렇다고는 해도 그 녀석은 도대체 무슨 생각을 하고 있는 걸까. 아니 애초에 나는 그 녀석의 생각을 읽으려고 시도한 적이 없었다. 무엇보다 그런 놀리기 좋아하는 성질 나쁜 바이러스의 생각 따위 알고 싶지도 않다.

하지만 오늘 그 녀석의 모습은 아무래도 신경이 쓰였다. 놀이공원에서 돌아오는 길에 갑자기 "방금 저 사람, 쫓아갈 수 있나요?!" 하고 구급차를 쫓아가게 만들지 않나, 어떤 병원에 도착하자 "잠시만 이 사람과 둘만 있게 해주세요." 하고 전혀 모르는 남자에게 핸드폰을 건네주게 만들더니 그대로 어딘가로 가버리질 않나, 솔직히 뭐가 뭔지 모르겠다.

이러저러해서 현재 그런 의문을 끌어안은 채 전혀 알지도 못하는 소년이 실려 간 진찰실 앞에서 어디로 가지도 못하고 그 소년의 보호자 같은 사람에게 건네준 에네를 계속 기다리고 있었다.

되는 대로 흘러가듯이 이곳에 머물러 있지만, 생각하면 할수록 여기는 내가 있을 곳이 아니다. 딱히 실려 온 소년과 아는 사이거나 소년에게 볼일이 있는 것도 아니고, 그저 여기에 앉아 있을 뿐이다.

이러다 만약 소년의 부모님이라도 나타나서 "당신이 이랬나요?"라고 말하기라도 해봐라. "아니 전혀 관계없는 사람인데요……."라며 기분 나쁜 미소를 지을 수밖에 없잖아.

어제오늘 정말로 죽을 맛이었다. 에네의 기행에 휘둘리는 것은 흔한 일이지만, 아무리 그래도 요 며칠은 도가 지나쳤다. 그 녀석이 돌아오면 즉시 집으로 돌아가서 평소 생활로 복귀하고 싶지만, 그 메카쿠시단이라는 녀석들이 그것을 허용해줄까.

여러 가지 성가신 일이 엉망진창으로 얽혀서 생각하는 것조차 힘들어졌다.

"정말 뭐가 뭔지 모르겠다……."

"하아." 하고 커다랗게 한숨을 쉬었다.

"뭐가 뭔지 알 수 없는 건 이쪽이에요. 정말……."

나는 옆에서 마찬가지로 "하아." 하고 한숨을 쉬며 중얼거리는 그 목소리에 깜짝 놀라서 펄쩍 뛰어올랐다.

"우와아! 너, 너는 언제부터 여기에 있었던 거야!"

뒤돌아보니 조금 전 에네를 넘겨준 백발의 청년이 앉아서 멍한 표정으로 나를 올려다보고 있었다.

"미안해요……. 저는……."

아무래도 청년은 내가 화가 났다고 착각한 모양인지 느릿한 말투로 사과를 했다.

하지만 청년의 얼굴에는 조금 전의 멍한 표정에 초조해하는 기색이 약간 깃들었을 뿐이었다. 그래서 나는 '이 녀석이 무슨 말을 하는 거지?' 하는 생각에 순간 대답을 하지 못했다.

"어? 아아, 아니 네가 아니라 이 안에 들어 있는 녀석 말이야."

청년이 손에 들고 있던 핸드폰을 잡고 화면을 들여다보니, 그곳에는 익숙한 푸른 머리의 소녀가 뾰로통한 표정으로 볼을 부풀리며 화면 속을 둥실둥실 배회하고 있었다.

"음. 주인님, 무슨 일이신데요."

에네는 볼멘 얼굴로 나를 보지도 않고 변함없이 둥실둥실 서성거리고 있었다.

"아니, 무슨 일이라니. 너 언제 돌아온 거야. 그보다 결국 이 사람은 누군데? 네가 아는 사람이야?"

이유도 모른 채로 잔뜩 휘둘렸다. 그 이유를 궁금해하는 것은 당연한 일이잖아.

그렇게 생각해서 질문했지만, 에네는 어째서인지 그렇게 물어본 순간 부붓 하고 진동을 울리며 나를 찌릿 째려보았다.

에네는 평소 놀리기 좋아하던 태도와 달리, 이제까지 본 적이 없을 정도로 세차게 째려보았다. 하지만 어째서인지 예전에 어딘가에서 본 적이 있는 듯한 기분이 드는 기묘한 표정이었다.

에네는 그 기백에 움츠러든 나를 향해 다시 볼을 불룩 부풀리면서 중얼거렸다.

"사람을 잘못 봤어요. 이런 녀석은 몰라요. 달리게 해서 죄송해요. 이제 후딱 돌아가죠."

에네는 화가 나서 어쩔 줄 모르겠다는 감정이 다 드러나는 말투로 그렇게 말했다. 그러자 앉아 있던 백발의 청년은 다시 자신의 탓이라고 생각했는지 멍한 표정에 살짝 그늘을 드리웠다.

"너, 너 말이야……. 뭐 사람을 잘못 봤다면 어쩔 수 없지만, 지인이 위급한 상황에 처한 사람을 붙잡아 놓고 그렇게 말하는 건 아니지."

"그렇지만…… 그…… 아~ 정말! 착각했다고 말했잖아요! 그러니까 주인님은 인기가 없는 거예요!"

에네가 그렇게 소리 지르자, 백발의 청년은 변함없이 멍한 표정으로 움찔 어깨를 떨었다.

놀란 건지 아닌 건지. 무슨 생각을 하고 있는지 알 수 없는 그 태도는, 마치 사이보그 같은 게 아닐까 하는 생각이 들 정도로 무기질적이었다.

“저기…… 미안. 이 아이가 화내는 건 아마 나 때문일 거야. 아마.”

무표정한 얼굴로 나를 올려다보던 백발의 청년이 미안한 듯 그렇게 중얼거렸다.

“이 아이가 조금 전에 『줄곧 보고 싶었어.』라든가 『죽은 줄 알았어.』라고 울면서 여러 가지 이야기를 들려주었지만, 나는 무슨 말인지 전혀 알 수가 없어서……. 뭔가 나 때문에 이 아이가 착각한 것 같아.”

백발의 청년이 입을 연 뒤에 말을 마칠 때까지 체감상 약 20초 정도의 시간이 걸린 것 같았다. 평소 말이 빠른 에네의 이야기만 듣기 때문인지, 마치 시간이 느리게 흘러가는 것처럼 느껴질 정도로 청년의 말투는 느릿느릿했다.

과연. 이 청년은 아무래도 에네의 옛 지인과 닮은 모양이다.

확실히 이 청년의 외모는 분위기가 조금 신비로웠다. 만약 에네의 지인이라면 그 이질적인 모습도 어쩐지 납득이 갔다.

하지만 그런 것보다도 내가 신경 쓰이는 것은 청년이 이야기를 다 마친 뒤부터 손안에서 계속해서 부들부들 떨고 있는 이 핸드폰이었다.

주뼛주뼛 화면을 들여다보니, 에네는 평소의 새파란 이미

지 컬러와는 완전 다르게 귀 끝까지 새빨개져서 부들부들 떨고 있었다.

"너, 너 무슨—."

"우와아아아! 우와아아아! 정말! 아무것도 아니니까 말 걸지 마……!"

한순간 그 자리가 얼어붙었다. 시야 끝에서 청년이 다시 어깨를 움찔 떨었지만 표정은 여전히 변함없었다.

이 녀석의 언동에 익숙한 나조차 처음으로 이렇게까지 감정을 드러낸 에네의 모습에 굳어버렸다.

화면 안에서는 드러누운 에네가 머리를 감싸 쥐고 정신 사납게 발을 동동 구르고 있었다. 하지만 이내 뭔가가 퍼뜩 생각난 것처럼 일어나더니, 식은땀투성이의 어색한 미소를 지으며 나를 바라보았다.

"……말 걸지 말아주세요? 주인님."

어떻게든 얼버무리고 넘어가려는 건지, 평소와 다름없는 척을 하려는 건지 모르겠다. 하지만 결국 그런 의도와는 상관없이 다시 침묵이 흘렀다.

그런 분위기가 상당히 거북했는지, 화면 속 에네의 얼굴은 다시 서서히 붉은 기를 띠기 시작했다.

"고장 났나……?"

일단 핸드폰을 툭툭 두들기자, 핸드폰은 혐오감을 표현하듯이 부붓 하고 진동을 울렸다.

"저를 뭘로 보시는 거예요! 그런 거 아니거든요!"

에네가 어처구니없다고 말하는 듯이 깍— 깍— 큰소리로 외치는 모습을 보니, 쌩쌩한 모양이었다. 버그에 걸린 것 같지도 않고. 그렇다면 감기에 걸렸다거나……. 아니, 이 녀석에 한해서 그럴 리는 없겠지.

평소에도 이상한 녀석이지만 오늘은 정말로 한층 더 뭔가가 이상했다.

"가, 가끔은 이렇게 흐트러져도 괜찮잖아요! 조금 옛 지인과 닮아서 이것저것…… 이상한 말을 해버렸다고 할지, 떠올랐다고 할지. 기대…… 같은 걸 했다고 할지……."

"아니, 무슨 말인지 전혀 모르겠는데. 결국은 그건가? 같은 종족인 친구와 닮아서 텐션이 올라갔다는 거야?"

무슨 소리인지 모를 말을 우물우물 중얼거리던 에네는 내가 그런 말을 꺼내자 입을 딱 벌리며 놀라고 기가 막힌 듯이 뭐라 종잡을 수 없는 표정을 지었다.

"아…… 정말 주인님이 왜 인기가 없는지 잘 알겠어요. 아마 평생 그렇게 사시겠죠. **잘됐네요.**"

"어?! 내가 그렇게 터무니없는 말을 한 거야?! 그보다 내가 왜 인기가 없는 건데! 가르쳐줘!"

"아, 잠깐 너무 그렇게 떠들어대지 말아주시겠어요? 측은해라."

"아니, 너 지금 『측은』하다고 말했지! 은근슬쩍 넘어가려

해도 소용없어!"
"시끄러워요! 아무튼 저도 주인님에게 말할 수 없는 게……."

에네가 다시 볼멘 얼굴로 뭔가를 말하려고 한 그 순간, 백발의 청년이 끌어안고 있었던 소년이 실려 간 진찰실에서 쟁그랑! 하고 커다란 소리가 들렸다.
잇따라서 금속으로 만들어진 어떤 기구가 땡그랑땡그랑하고 바닥에 흩어지는 소리가 울렸다.
"……어?! 주인님! 뭔가 위험한 상황인 것 같아요!"
"나도 알고 있어……!"

한달음에 복도를 뛰어넘어서 허둥지둥 진찰실의 문을 열자, 그곳에는 조금 전에 옮겨진 소년이 바닥에 쓰러져 있었다.
부스스한 갈색 머리카락에 하얀 조끼, 키와 몸집으로 봐서 나이는 열한 살 정도일까. 주변에는 체온계 같은 의료 기구가 흩어져 있고, 그 중심에 엎어진 자세로 있던 소년은 일어나려고 무릎을 세웠지만 좀처럼 일어날 수 없는 모양이었다.
"어, 어이, 너 뭐 하는 거야! 왜 그러는지 잘 모르겠지만, 우선 자두는 게……!"
소년의 옆에 쭈그리고 앉아서 손을 내밀었지만, 소년은 무서워하듯이 내 손을 뿌리쳤다.

처음으로 정면에서 보는 소년의 얼굴은 잔뜩 흘린 눈물로 젖어 있었다. 눈물이 그렁그렁한 그 눈동자는 뭔가 터무니없이 끔찍한 일을 당한 것에 대한 증오가 깃든 듯이 어둡고, 깊은 칠흑빛을 띠고 있었다.

"넌 뭐야…… 방해…… 하지 마……!"

일어선 소년은 한 번 휘청거렸지만 자세를 바로잡고 진찰실의 출구를 향해 걸어갔다.

"아니, 잠깐 기다리라니까! 멋대로 나가면 위험해!"

"히요리…… 히요리가 있는 곳으로 가야 해……."

소년은 잠꼬대 하듯이 그런 말을 중얼거리면서 제지하는 소리도 듣지 않고 진찰실을 나갔다.

허둥지둥 쫓아가니, 소년은 진찰실을 나가 백발의 청년과 마주 보고 있었다.

"너 때문이야……. 너만 없었으면 이런 일은……."

소년은 백발의 청년을 뚫어지게 노려보면서 그렇게 말하더니 다시 눈물을 뚝뚝 흘리기 시작했다.

백발의 청년은 역시나 괴로움을 참는 듯 곤란해 보이는 표정을 지으면서도 뭐라 대답할 말이 없는 것 같았다.

"이제 됐어. 내가 갈 거야……. 내가 가지 않으면……."

소년은 그렇게 내뱉은 뒤에 휙 몸을 돌려서 힘차게 달려나갔다. 밤이 되어 어두워진 병원 복도를 달려가는 소년은 눈 깜짝할 사이에 어둠 속으로 섞여 들어갔다.

"주, 주인님 뭘 하고 계신 거예요! 빨리 쫓아가야죠. 저 아이 왠지 위험해 보여요!"

"어, 어, 어, 어어. 알고는 있지만, 다, 다리가 이젠……."

그렇다. 이럴 때 내 「셀러리보다 약간 강인한 수준」의 다리는 꼴사납게도 부들부들 잘게 경련하고 있었다.

"으아아아아! 정말! 주인님은 무슨 새끼 사슴이에요?! 중요할 때 이렇게 도움이 안 되다니……!"

"시, 시끄러워! 원인을 따지자면 너희들 때문이잖아! 내 섬세함을 무시하지 마!"

그런 쓸데없는 말다툼을 하고 있는 사이에, 소년은 완전히 모습을 감춰버렸다.

저 속도로 달리면 아마 이제 몇 분 안에 병원 부지 안을 빠져나가겠지. 그렇게 되면 완전히 끝이다. 어디로 갔는지 도저히 짐작도 할 수 없게 된다.

"간호사를 호출……하더라도 이미 늦었을 거고……. 당신도 조금은 뭔가 하라고! 무슨 사정이 있는 모양이지만, 너와 가까운 사람이잖아?! 이대로라면 어딘가로 가버릴 거라고!"

내 질문에 백발의 청년은 곤란한 듯한 표정으로 고개를 끄덕이더니, 조금 전보다 약간 빠르지만 변함없이 느긋한 말투로 말하기 시작했다.

"히비야는 나 때문에 무척 화를 내고 있어……. 어떻게든 하지 않으면……. 하, 함께 가줄래?"

이야기의 진행 속도가 조금 느리지만, 『히비야』라는 것은 달려 나간 소년의 이름일까. 아무래도 이 녀석은 이 녀석 나름대로 현재 상황에 대해서 위기감을 느끼고 있는 모양이다. 함께 가달라고 말한 청년의 눈은 조금 전 느긋했던 표정에 아주 살짝 열기가 깃든 것 같았다.

"그, 그래. 아니 함께 가는 것은 상관없는데, 다리가 조금 불편해서 말이지……."

"뭘 원래부터 다리가 불편한 것처럼 말씀하시는 거예요, 주인님. 단지 빌어먹을 운동 부족일 뿐이잖아요."

"어쨌든 지금은 달릴 수 있는 상태가……. 어, 어라?"

내 말을 자르듯이 백발의 청년이 눈앞에 나타나는가 싶더니, 바로 다음에 이미 몇 년이나 체험하지 못한 압도적인 부유감이 전신을 덮쳤다.

"우, 우와아아아—?!"

마치 갓난아기를 안아 드는 것처럼, 청년은 나를 가뿐히 들어 올리더니 그대로 짊어지듯 어깨에 올렸다.

"미안. 조금 아플지도 모르지만……."

청년이 그렇게 중얼거린 순간, 폭발음과 충격과 함께 엄청난 기세로 복도의 풍경이 흐르기 시작했다.

청년이 발을 디디자 그 기세로 단숨에 몇십 미터나 나가고 있다는 사실을 깨닫는 데 대략 1.5초가 걸렸다.

"끄아아아아아아아아아아!"

한순간 목소리도 나오지 않았지만, 새삼 이 터무니없는 일에 대해서 진심이 담긴 비명이 튀어나왔다.

"내, 내내내, 내려…… 으헉!"

어떻게든 말을 해보려 했지만 이어서 밀려오는 착지로 인한 충격에 가로막혀서, 입에서는 말 대신에 공기가 튀어나왔다.

"미, 미안. 조금만 더 참아줘."

다음 순간 조금 전 복도에서 고속으로 이동하던 것과 달리, 이번에는 지면이 단숨에 멀어졌다. 위를 향해 크게 점프했기 때문이라는 사실을 깨닫고, 나는 그만 기절할 뻔했다.

어떻게든 의식을 붙잡기 위해서 쥐고 있던 핸드폰을 보았다. 화면 속의 에네는 아마 다음 착지로 인해 찾아올 충격에 대비해서인지, 방석 같은 것을 머리 위에 올려놓고 눈을 꾹 감고 있었다.

"소, 소용없잖아아아아아아아아아아!"

그렇게 외친 순간 휭 하고 바람을 가르는 소리와 함께 차가운 공기 속으로 뛰쳐나왔다. 눈 아래로 병원의 옥상이 보였다. 그곳에 활짝 열려 있던, 이제 막 우리가 뛰쳐나온 지붕창이 이미 벌써 작아지고 있었다.

스카이다이빙을 하면 이런 기분일까. 아니, 그보다도 조금 전에 트라우마가 된 롤러코스터와 이미지가 비슷할지도 모르겠다.

그렇다는 말은 착지한 뒤에 조금 전 롤러코스터를 탔을 때와 마찬가지로 아마 **그것**을 **그렇게** 하게 되겠지.

"찾았다……!"

청년은 그렇게 중얼거리고 착지할 때 오는 충격을 대비하는 것인지, 나를 짊어지는 듯한 자세에서 옆구리에 끼우는 듯한 방식으로 안는 법을 바꿨다.

직후에 한순간 무중력 상태가 찾아오더니 이번에는 지면이 빠르게 가까워지기 시작했다.

「아무리 생각해도 여기서 떨어지면 죽을 높이에요. 정말로 감사했습니다.」 하고 머릿속에서 염불을 외며 조금 전에네와 마찬가지로 눈을 꾹 감았다.

쿵! 격렬한 소리와 함께 중력이 강하게 느껴졌다. 예상보다 충격은 적었다. 하지만 엄청난 비행에 의해서 빙빙 뒤얽힌 복부에 마지막 일격을 가하기에는 충분한 충격이었다. 착지로 인한 충격에서 해방된 직후, 청년은 먼저 걱정스러운 듯 나를 챙겼다.

"괜찮아?"

"푸하아아!"

그 물음에 응답하듯이 옆구리에 안긴 채 숨을 크게 토해냈다.

"우…… 우웨에엑……."

그리고 예의 **그것**을 토했다. 원통하다.

"꺄아아아아! 잠깐 **기분 나쁜 걸** 이쪽에 뿌리지 말아주세요!"

"하아…… 하아…… 아니, 넌 내가 걱정도 안 되냐……."

"미안. 서둘러야겠다 싶어서. 많이 놀랐지……."

서둘러야겠다고 생각해서 남자 한명을 끌어안고 몇십 미터나 도약할 수 있는 사람이 이 세상에 얼마나 될까.

청년의 품에서 슥 일어나서 몸을 가누지 못하고 비틀거리면서도 다시 그 얼굴을 보니, 무표정한 얼굴에 잠긴 청년의 두 눈은 엷은 분홍빛으로 빛나고 있었다.

"그 눈…… 너도 뭔가 있는 거냐. 도대체 뭐야 정말……."

예상하고 있었지만 아니나 다를까 이 청년도 눈동자 색과 상식을 뛰어넘는 행동으로 살펴볼 때, 모모와 메카쿠시단 녀석들과 마찬가지로 어떤 능력을 지니고 있는 모양이다.

모모와 에네 때문에 다소 이런 현상에 내성이 있었지만, 하루 만에 몇 번이나 이런 특이한 녀석들을 만나다니 어떻게 된 게 틀림없다.

이 눈은 정말 도대체 뭐지? 이상한 호기심으로 너무 깊이 들어가지 않는 편이 좋을까…….

"넌 도대체……."

"주인님! 이대로라면 저 아이 곧 밖으로 나가겠어요!"

생각을 멈추고 허둥지둥 에네가 가리킨 방향을 바라보자, 병원 정면 현관에서 정문으로 통하는 긴 길 앞에 조금 전의 소년이 달리고 있는 모습이 보였다.

소년은 벌써 정문 바로 앞까지 나아간 모양이었다.

"히비야……. 이대로라면 다시 놓쳐버릴 거야……!"

청년은 그렇게 말하더니 나를 다시 끌어안으려고 어깨에 손을 짚었다.

"끄아아아아아! 무리무리무리! 이제 무리야! 정말 봐줘!"

"미, 미안. 그만둘게……."

청년은 내가 거부하자 움찔하고 몸을 떤 뒤에 손을 떼었다. 다시 찾아오는가 싶었던 절규 머신은 모면했지만, 확실히 이대로라면 소년이 거리로 뛰어나가게 되겠지. 그렇게 되면 몹시 귀찮아진다.

"어이, 우선 너 혼자 말려봐! 나도 바로 따라갈 테니까!"

"아, 안 돼. 혼자서는 무서워서 말릴 수 없어……. 으으……."

청년은 조금 전까지 보여줬던 강인한 움직임에서는 상상도 할 수 없을 정도로 가냘프게 고개를 숙였다.

"하지만 이대로라면……."

다시 소년이 달려가는 정문 방향을 바라보고 일단 달려

나갔지만, 역시 다리가 잘 움직이지 않았다.

정문을 노려보며 포기하려던 그 순간, 나는 「어떤 사실」 하나를 떠올리고 서둘러서 쥐고 있던 핸드폰을 향해서 말을 걸었다.

"어이, 에네! 모모에게 전화 좀 해줘!"

"네? 여동생 씨에게 전화요? ……아! 과연! 알겠습니다!"

납득했는지 손을 탁 친 에네가 그 뒤에 오른손을 성호를 긋듯이 휘두르자, 모모에게 전화를 거는 화면으로 바뀌었다.

벨소리가 두 번 반 정도 울린 뒤에 화면이 녹색으로 빛나며 「통화 중」이라는 문자가 크게 표시되었다.

『아! 여보세요. 오빠? 에네의 볼일은 끝났어~?』

"끝났는데 지금 또 다른 볼일이 생기는 바람에……. 모모, 너 지금 어디쯤에 있어?"

『어? 음~ 단장님, 여기가 어딘가요? 아, 감사합니다. 아, 오빠? 지금 말이지~ 병원 정문 옆에 있는 나무 아래 부근에……. 어라, 저 아이는 뭐지. 엄청 달리네.』

모모는 여전히 얼빠진 상태였지만 아무래도 빙고인 모양이었다.

"어이! 그 달리는 남자애를 막아줘! 아무튼 부탁할게!"

『뭐?! 어째서?!』

"정말 중요한 일이야! 부탁할게!"

『중요한 일이야?! 음~ 알았어! 해볼게!』

모모가 그렇게 말하고 전화를 뚝 끊자, 화면이 붉게 빛나며「통화 종료」라는 문자가 표시되었다.

“여동생 씨, 괜찮을까요.”

“그 녀석은 바보지만 할 땐 하니까 말이지…….”

“그렇죠……. 약간 바보이긴 해도…….”

멀리 떨어진 정문 부근을 응시하자 마침 소년이 정문을 빠져나가려던 참이었다.

하지만 달리고 있던 소년은 정문 바로 앞에서 뭔가에 부딪친 듯이 비틀거렸다.

다음 순간, 여태껏 아무것도 없었던 공간에서 키사라기 모모가 나타났다. 너무나도 갑작스러운 일에 소년은 깜짝 놀랐는지 날뛰려고 했지만, 모모가 꽉 붙잡고 있어서 꼼짝 못 하는 것 같았다.

“우오오오! 여동생 씨 해내셨네요! 아~ 아~ 저렇게 푹신 푹신하게…….”

“저 녀석, 뭔가 좋은 쿠션이 됐잖아. 좋아. 얼른 따라잡아야지…….”

“굼뜬 건 주인님뿐이지만 말이죠.”

나직이 딴죽을 날린 에네를 무시하고 나아가자, 드디어 가까워진 정문 부근에서는 발버둥 치는 초등학생 남자애를 질식사시키려는 듯이 필사적으로 꽉 껴안고 있는 여동생이 보였다.

"아, 오빠! 도대체 어떻게 된 일이야 정말……. 아야! 잠깐 얌전히 있으라니까……!"

"모모, 미안. 어이, 너! 사정은 모르겠지만 일단 진정해! 멋대로 사라지면 병원 측도 곤란하다고."

"뭐?! 이 아이 환자야?!"

놀란 탓에 모모의 팔이 느슨해졌는지, 소년은 그곳에서 쏙 빠져나왔다. 얼굴을 새빨갛게 물들이고 "푸하!" 하고 숨을 들이마시더니, 거친 숨을 몰아쉬면서 모모를 노려보았다.

"뭐 하는 거야, 이 뚱뚱한 아줌마야! 갑자기 튀어나와서 방해하지 마!"

소년이 모모를 향해 내뱉었지만 모모는 받아들이는 속도가 느려서 한순간 어리둥절한 표정을 지었다. 그러나 이내 그 의미를 파악했는지 소년과 마찬가지로 순식간에 얼굴을 붉혔다.

"뭐, 뭐라고?! 뚜, 뚱뚱한 아, 아줌……. 너 뭐라고 한 거야?!"

"그대로의 의미야, 뚱보 아줌마! 이쪽은 급하다고……."

소년이 다시 달려가려고 했지만 모모의 손이 누구보다 빠르게 소년의 후드를 붙잡았고, 소년의 몸은 휘청거리며 다시 끌려왔다.

"너, 너 말이지…… 환자잖아?! 빠져나가면 안 되는 게 당연하잖아! 게, 게다가 뚜, 뚜, 뚱뚱하다니……."

모모는 어지간히 타격이 컸던 모양인지 몸을 부들부들 떨면서 거친 숨을 쉬었다.

소년은 다시 모모를 노려보더니 붙잡힌 후드를 잡아 빼고, 모모를 향해 돌아서서 외쳤다.

"그러니까……! 방해하지 말라니까! 그리고 나는 환자도 아니거니와 아픈 곳도 없어! 아줌마야말로 의사에게 그 소 같은 몸매를 진찰받는 게 어때? 그거 분명히 병일 거야."

소년이 모모의 가슴 부근을 손가락질하며 말하자, 손에 쥔 핸드폰에서 "푸흡……. 아, 실례." 하고 에네의 숨죽인 웃음소리가 들려오고, 모모 쪽에서는 툭 하고 뭔가가 끊어지는 소리가 들렸다.

"사, 사람이 걱정해주고 있는데! 이……!"

모모는 초등학생 상대로 울먹이면서, 얼굴을 새빨갛게 물들인 채 소년에게 달려들었다. 그때, 이번에는 보이지 않는 무언가가 모모의 파카 후드를 뒤에서부터 잡아당겨서 모모가 돌진하는 것을 막았다.

"다, 단장님, 놔주세요! 이, 이 아이는 적이라고요, 적! 메카쿠시단 긴급 출동이에요! 놔~주~세~요~!"

마치 날뛰는 소처럼 난폭하게 날뛰는 모모의 모습과 조금 전에 소년이 했던 말이 겹치면서 무심코 나도 "풋!" 하고 웃음을 터뜨렸다. 모모도 그 소리를 들었는지 나를 찌릿 하고 노려보았다.

"오빠는 뭘 웃고 있는 거야?! 이 아이는 도대체 뭐야?! 왜 내가 이런 말을 들어야 되는데?!"

"아~ 알았어, 알았어. 미안하다니까. 진정해. 저기, 히비야라고 했던가. 너는 왜 그렇게 서두르는 거야? 지금 당장 가야 할 곳이 있는 거야?"

내가 그렇게 말을 걸자, 히비야는 이번에는 도망가려고 하지 않았다. 하지만 여전히 적의를 드러내는 표정으로 나를 바라보았다.

"……한 여자애가 죽었을지도 몰라. 내 소중한 사람이야. 그런데 나만 구조됐어. 그러니까 구하러 가야만 해."

히비야는 담담히 그렇게 중얼거렸다. 그 자리에 있는 모든 사람이 그 말을 듣고 숨을 삼켰다.

조금 전까지 그렇게나 난폭하게 굴던 모모조차 날뛰던 것을 멈추고, 놀란 듯이 입을 반쯤 벌리고 있었다.

"자, 잠깐 기다려. 죽었다니……. 어떤 사고에 함께 말려들었다는 소리야? 그렇다면 경찰이나 의사에게 먼저 말하는 편이 낫잖아. 너 혼자서 어디로 가겠다는 거야."

병원으로 실려 오기 전에, 히비야가 쓰러져 있었던 현장에는 교통사고가 일어난 흔적이 전혀 없었다. 몸에도 눈에 띄는 외상은 없었고, 옆에서 보면 열사병 같은 것으로 쓰러진 것처럼 보일 뿐이겠지. 사실 나도 그렇게 생각했다.

하지만 조금 전에 히비야가 한 말을 들어보면, 단순히 돌발적으로 쓰러진 게 아니라 어떤 사건에 휩쓸려서 쓰러졌다고 말하는 것처럼 들렸다. 그렇다면 더더욱 경찰에게 상담해야 할 일이잖아.

"다른 사람에게 말해봤자 어차피 믿어주지 않을 거야. 그래. 뭣하면 그 녀석에게 물어봐. 그저 우두커니 서서 계속 지켜보고 있었으니까."

소년이 청년을 가리키자, 청년은 어찌할 바를 모르겠다는 표정으로 자신의 옷자락을 움켜쥐었다.

"저기, 당신은 계속 보고 있었지? 아무것도 할 수 없다면 하다못해 가르쳐줘."

"아, 아니야! 나도 도와주려고 했어……. 하지만…… 하지만 어떻게 할 방도가 없었어……!"

청년이 그렇게 말하자, 소년은 이를 악물고 청년을 더욱 날카롭게 노려보았다.

청년은 그 시선을 견딜 수 없었는지 시선을 떨궜다.

소년은 작게 한숨을 쉬고 다시 정문을 빠져나가려고 했다.

"……이제 됐어. 당신이 아무것도 할 수 없다면 나 혼자서라도 갈 거야. 방해하지…… 마…….”

소년이 한 발 내디딘 순간, 그 몸이 기우뚱하고 크게 기울며 그대로 지면을 향해 속절없이 쓰러지려고 했다.

“어, 어이!”

허둥지둥 부축하려고 했지만, 소년과의 거리가 너무 멀었다. 조금 전에 무시무시한 몸놀림을 보여주었던 청년도 소년의 말에 방심했는지, 나보다도 반응이 늦었다.

소년의 몸은 낙법 자세를 취하려는 기색도 없이, 그대로 머리부터 지면에 쓰러지려고 했다.

“제길……!”

이제 무리라고 생각했을 때, 히비야의 몸은 보이지 않는 실에 매달린 것처럼 드러누운 상태로 공중에서 멈췄다.

무슨 일이 일어났는지 이해하는 데 시간이 걸렸지만, 시야의 끝에서 받쳐주는 사람을 잃은 모모가 엉덩방아를 찧은 모습을 보고 상황을 파악할 수 있었다.

“신타로, 이 녀석……. 병원으로 돌려보내지 않는 편이 좋아.”

히비야 주변의 대기가 한순간 구불텅하게 일렁이나 싶더니, 보라색 파카를 입고 후드를 푹 뒤집어쓴 키도의 모습이 나타났다.

키도는 후드에 드리워진 긴 머리 너머로 놀람과 초조가

뒤섞인 표정을 짓고 있었다.

"나이스 캐치……. 근데 그게 무슨 소리야? 그 녀석 아무리 봐도 병세가 악화됐잖아. 확실히 사정은 딱해 보이지만, 우선 의사와 경찰에게 맡기는 편이 좋다니까."

"……아니, 아마 의사와 경찰도 도움이 안 될 거야. 아마도 지금 이 녀석에게 가장 큰 도움을 줄 수 있는 것은 우리들일 거다."

키도는 끌어안은 히비야를 바라보고 얼굴을 찌푸리며 그렇게 말했다.

도대체 무슨 일이 있었던 걸까. 키도에게 다가가 소년의 얼굴을 보니, 넋이 나간 두 눈에는 소년의 본래 눈동자 색과 뒤섞여서 붉은빛이 피를 흘리듯이 질금질금 배어 나오고 있었다.

"어이, 이건……."

"그래. 이야기는 들었지만, 이거 상당히 성가시겠군."

키도는 뭔가 싫은 기억이라도 떠오른 것 같은 말투로 말했다.

색이 변하기 시작한 소년의 눈동자는, 틀림없이 메카쿠시단 멤버들과 마찬가지로 「어떤 능력」을 사용할 때 나타나는 특징이었다.

키도가 조금 전에 "의사와 경찰은 도움이 안 된다."라고 말한 이유는 이 때문이겠지. 확실히 이런 초자연적인 증상을 의사와 경찰이 쉽게 받아줄 거라고는 생각할 수 없다.

"이, 이거 어쩌면 좋지……. 이 녀석 괜찮은 건가?!"

"현재로서는 이 녀석이 어떤 능력을 지녔는지도 몰라……. 이대로 돌려보내는 건 위험해. 아무튼 아지트로 데려가자."

키도는 손으로 히비야의 허리를 받치고 자신의 어깨에 히비야가 머리를 기댈 수 있도록 고쳐 안았다.

"좋아, 키사라기. 카노에게 사람 하나가 누울 수 있도록 침대를 비워두라고 전해줘. 아— 그리고 마리가 겁을 먹으면 귀찮아지니까 세토와 함께 방에서 기다리라고 하고."

키도가 모모를 향해서 그렇게 말하자, 털썩 주저앉아 있던 모모가 퍼뜩 일어나서 경례 자세를 취했다.

"네, 넵! 알겠습니다!"

"하하……. 태도가 너무 딱딱한걸."

키도는 어리둥절한 표정을 짓는가 싶더니, 드물게 웃었다. 항상 눈매가 사나웠지만, 웃으니 그 표정은 따뜻하고 엄마 같은 분위기가 풍겼다.

"아, 그렇지. 넌 이름이 뭐지?"

키도는 히비야를 안은 채 문득 떠오른 듯이 청년 쪽으로 돌아섰다.

"나, 나 말이야? ……코노하, 입니다. 아마도."

청년은 본인은 그렇게 생각하지 않겠지만, 여전히 느릿느

릿한 말투로 애매하게 자기소개를 했다.
청년이 이름을 대자마자 쥐고 있던 핸드폰이 부붓 하고 울리기에 들여다보니, 에네가 다시 화가 난 모습으로 발버둥 치고 있었다.
“코노하라고 하는구나. 조금 전에 들은 이야기로 봐서 너희에게 일어난『뭔가』에 대해서 우리가 도와줄 수 있을 거라고 생각해. 좌우간 이 녀석은 안정될 때까지 돌봐줄게. 너도 이야기를 듣기만 해도 좋으니까 같이 가지 않겠나?”
키도가 그렇게 말하자 코노하는 이제까지 봐온 표정 중에서 가장 진지한 표정을 짓고 깊이 고개를 끄덕였다.
“그렇군. 좋아, 그럼 출발하자……. 근데 배가 고프군. 카노에게 저녁을 지어놓으라고 할까……. 어이, 키사라기. 카노에게 연락했나?”
“아니, 그게 카노 씨와 전혀 연결이 안 돼서 지금 세토 씨에게 전화를 거는……. 아! 여보세요. 모모에요!”
세토가 전화를 받았는지, 모모는 보이지도 않을 텐데 등을 꼿꼿하게 펴고 대화를 나누기 시작했다.
“죄송해요. 저기 말이죠. 아지트에 환자 한 명을 데려가게 돼서, 카노 씨에게 침대를 준비해달라고 부탁하려고……. 네? 없어요? 그럼……. 네, 알겠습니다! 아, 그리고 식사 준비랑…… 다 되면 마리와 함께 방에서 대기하라고 하시네요! 그럼!”

후반에 상당히 기세 좋게 이야기하고 있었지만, 세토에게 내용이 잘 전달됐을까.

전화를 끊은 모모는 뭔가 작전을 완수했다고 말하는 듯이 흥 하고 콧김을 내뿜었다.

“키사라기, 수고했어. 그런데 카노는 자리에 없나?”

“아, 네. 뭔가 『오늘은 안 돌아올 거야.』라고 말하고 어딘가로 가버린 모양이에요.”

“하아…… 그 녀석은 정말 중요할 때 도움이 안 되는군…….”

조금 전 에네가 내게 완전히 똑같은 말을 했던 것을 떠올리니 마음이 욱신 하고 쑤셨다.

그나저나 카노도 이런 시간에 외출하다니, 도대체 어떤 볼일일까. 그 가벼운 성격이라면 친구가 많을지도 모르겠다. 그렇다는 것은 밤놀이하러 나간 걸까. 큭…… 나보다 나이도 어린 주제에…….

“그럼 출발할까. 여기서 그렇게 멀지 않을 거다. 조금 서두르지.”

그렇게 말하는 키도의 눈이 붉게 빛났다. 아마 모모를 위해서 다시 능력을 사용한 것이겠지.

우리는 별다른 차이를 느끼지 못하지만, 키도의 능력으로 다른 사람들은 우리를 볼 수 없다니 신기하다.

“저, 주인님.”

정문을 빠져나가서 키도를 줄줄 따라가는데, 갑자기 평소보다 조심스럽게 핸드폰이 울렸다.

"응? 무슨 일인데."

화면을 보니 에네가 조금 전과는 전혀 다르게 풀이 죽은 표정으로 뭔가 할 말이 있는 듯 서성이고 있었다.

"저…… 그, 이제 집으로 돌아가지 않으실래요? 여동생 씨와 함께. 왠지 걱정돼요. 좋지 않은 일이 일어날 것만 같아서……."

에네는 드물게도 머뭇거리며 헐렁한 옷자락을 비비적거리면서 소극적인 태도로 말하기 시작했다.

눈앞에 불 붙은 고리가 있다면 "주인님, 뚫고 나가요." 하고 소란을 피우는 타입이지만, 오늘은 정말로 뭔가 이상했다.

"뭐? 따지고 보면 너 때문이잖아. 뭐, 나도 돌아가고 싶지만……."

"그, 그렇다면……!"

"음~ 저 남자애도 신경 쓰이고, 모모도 돌아갈 생각이 없어 보이니까 말이지. 애초에 저 단장이 쉽게 돌려보내 줄 것 같지도 않아."

"그, 그런가요……."

에네는 언뜻 보기에도 맥없이 텐션이 낮았다. 도대체 이 녀석이 하고 싶은 말이 뭘까 생각하다가 문득 어떤 사실을 깨달았다.

"너, 너 혹시……!"

"어, 어, 어어?! 아니! 아니에요! 에네는 에네라구요?! 그런 사람이 아니에요! 주인님도 참 싫다 정말……."

"배터리가 간당간당해서 그래?"

"……네?"

에네는 무슨 말인지 알 수 없는 소리를 외쳤지만, 내 질문을 듣고 칠칠치 못하게 입을 벌리며 굳었다.

그 뒤에 퍼뜩 깨달은 듯이 미소를 지으며 양손을 버둥댔다.

"……아, 아~ 배터리, 맞아요~! 정말 줄어들면 기운이 안 나서 곤란하다니까요!"

"그렇지—! 그럴 거라고 생각했어! 뭐, 아지트로 돌아가면 충전해줄 테니까 기운 내라."

역시 배터리 문제였나. 놀이공원에서도 소모가 심했기 때문인지 화면에 표시된 남은 배터리가 얼마 되지 않았다.

애초에 어떤 원리로 이 녀석이 이 안에서 움직이는지는 모르지만, 조금 전부터 보이는 영문을 알 수 없는 행동이 충전을 해서 낫는다면 안심이다.

내버려 둬서 더욱더 영문을 알 수 없는 짓을 당하게 된다면 견딜 수 없을 것이다.

"아하하하……. 그나저나 주인님, 뭔가…… 달라지셨네요."

"응? 그래? 나는 잘 모르겠는데……."

"왠지 즐거워 보이세요. 친구가 생겨서 잘됐네요."

"뭐? 이 녀석들이 친구냐. 뭔가 얘네 좋을 대로 끌려다닐 뿐인 것 같은데……."

만난 지 아직 하루밖에 지나지 않은 이 녀석들을 친구라고 부르기에는 조금 저항감이 들었다.

하지만 확실히 좋은 녀석들이라고 생각한다.

전혀 모르는 소년에게 손을 뻗어서 문제를 해결해주려고 하다니, 이 시대에는 보기 드물게도 마음씨가 고운 녀석들이다.

"괜찮아요. 주인님에게는 끌고 다녀줄 사람이 잘 맞아요."

에네는 다정하지만 조금 쓸쓸한 듯이 생긋 웃었다.

문득 뜻밖에도 정말 옛날에 본 적 있는 미소가 머리를 스쳐 지나갔다. 옛날에 잃어버린 미소다. 항상 머릿속 어딘가에 있는 미소였다.

"그럴지도 모르겠네."

잊으려 한 것은 아니지만, 닫혀 있던 장소에 그 미소를 깊숙이 집어넣었다.

"정말 그렇다니까요! 아, 덧붙여서 저는 끌고 다니는 타입의 여자애인데 어떠세요? 반하셨어요?"

"아니, 그 이전에 너는『여자』로 구분되는 거야?"

"네에?! 주인님, 너무해요! 저는 딱 봐도 여자애잖아요!

엄청 매력적이잖아요!"

다시 평소처럼 꺅— 꺅— 떠들기 시작한 에네를 보며, 나는 아무튼 지금은 빨리 돌아가서 이 녀석을 충전해줘야겠다고 생각하며 발걸음을 재촉했다.

아지랑이 데이즈 02

흔들리는 전철 안, 살짝 열린 차창으로 기분 좋은 온도의 조금 습한 바람이 불어 들어왔다.

조금 전까지 산들이 나란히 줄지어 있던 창밖 풍경은, 이제 확 바뀌어서 문명의 발전을 주장하는 듯한 잿빛의 단단한 물질들로 가득했다.

"우와아…… 좋다. 굉장히."

무심코 미소가 번져 나왔다. 그럴 만도 하다. 여태까지 이렇게 가슴 설레는 여름 방학은 없었다.

지금까지 살아온 시골의 바깥세상은 내가 동경하며 예상했던 것보다도 훨씬 광대하고 매력적이었다.

TV 안에서만 봤던 창문 저편으로 펼쳐지는 풍경들은 마치 진열장 안에 들어 있는 상품처럼 내 호기심을 자극했다.

그리고 무엇보다도 가슴 설레는 존재가 지금 내 눈앞에

있는 것이다.

“기분 나빠. 이런 풍경이 뭐가 좋다는 거야. 머리가 어떻게 된 거 아냐?”

“에헤헤—. 그렇지만 두근두근하지 않아? 우와! 저 빌딩 엄청 크다! 저기 히요리, 방금 봤어?!”

“아~ 시끄럽네, 시끄러워. 옛날에는 나도 동경했지만 저런 건 이제 질리도록 봤어.”

마주 보는 좌석 반대편에서 히요리는 변함없이 차가운 태도로 나와 마찬가지로 창밖을 바라보고 있었다.

아— 이 상황을 어떻게든 사진으로 담고 싶다.

출발하기 전에 아빠에게 바닥에 엎드려 머리를 조아리며 간절히 빈 끝에 빌린, 혼이 담긴 일안 리플렉스 카메라.[#4]

좌석 아래에 보관한 카메라가 「지금이야말로 내가 나갈 차례잖아?」라고 속삭일 정도로, 어떤 순간이라도 히요리는 훌륭한 그림이 되었다.

“기대된다—. 가고 싶은 곳도 엄청나게 많거든. 저기! 맨 처음에는 어디로 갈까?”

“맨 처음 말이지……. 뭐, 번화가라도 어슬렁어슬렁 돌아

#4 일안 리플렉스 카메라 렌즈 하나로 초점을 조절하며 촬영할 수 있는 카메라. 찍을 때 보이는 모습 그대로 사진이 나온다

다니면 되지 않을까? 이런 풍경을 보고 꺅— 꺅— 소리 지를 정도라면 만족할 거라고 생각해."

히요리는 나를 한 번 흘낏 보는 일도 없이, 조금 전 "질리도록 봤다."라고 내뱉은 풍경을 응시하면서, 적당히 대꾸하며 그렇게 제안했다.

"그, 그건 같이 가자는 말이야……?"

"뭐? 왜 내가 같이 가야만 하는데? 내가 외출하지 않을 때 좋을 대로 돌아다녀."

"아, 응……."

평소처럼 히요리의 관심을 끌지 못하고 눈 깜짝할 사이에 대화는 끝나 버렸다.

히요리와 전화 통화를 한 그날 밤 이후, 나는 히요리와 정말 친밀한 관계가 되었다고 착각했다. 하지만 다음 날 학교 복도에서 "안녕! 오늘도 날씨가 좋아서 기분 좋다!" 하고 건넨 인사를 대놓고 무시당해서 웃음거리가 되었을 때, 그제야 자신의 처지를 이해했다.

그렇다. 히요리는 나를 딱히 특별시하고 있는 것이 아니라 「편하게 부려먹을 수 있을 것 같으니까」라는, 정말 오직 그런 이유로 이 여름 방학 여행을 나에게 권유했을 뿐이었다.

그렇기 때문에 당연하게도 학교에서 대화를 나눌 일은 지금까지와 마찬가지로 전혀 없었다. 여행을 떠나는 오늘까지 히요리와 대화를 나눌 수 있었던 때는, 가혹하게도 부정기적으로 히요리가 전화를 걸 때뿐이었다.

나는 당연히 히요리가 거는 전화를 놓치지 않도록 집 복도에 앉아 계속 기다리게 되었다.

일주일 내내 전화가 오지 않는 날도 있는 반면, 하루에 두 번이나 걸려오는 날도 있었다.

전부 사무적인 내용뿐이었지만, 그런 대화 하나하나조차 눈을 감으면 바로 암송할 수 있을 정도로 뇌리에 깊이 새겨졌다.

그 고요한 싸움은 괴롭고 험준했다. 이야기하자면 길지만, 처음에는 그런 내 모습을 걱정했던 엄마조차도 마지막에는 "수고가 많구나."라고 말하며 차를 끓여줄 정도로 잘 싸웠다고 한다면 이해하겠는가.

그렇다. 그런 부모님을 납득시키기 위해서도 상당한 노력이 필요했다.

처음 아빠에게 "여름 방학에 도시에 나가고 싶어."라고 말한 날 밤에는 바깥으로 쫓겨나서, 들개가 멀리서 짖는 소리에 부들부들 떨며 공포를 맛보았다. 나는 '이대론 안 된다. 뭔가 그럴싸한 이유를 대지 않으면.' 하는 생각에, 「여름 보충 수업을 듣기 위해서」라는 이보다 더 좋을 수 없을 정도의 구실을 떠올린 뒤 부모님께 다시 도전했다.

하지만 “공부는 집에서 해라.”라며 다시 밖으로 내쫓겨서 다가오는 너구리들의 세례를 받게 되었다.

그 뒤에도 생각을 거듭해서 다양한 자료를 닥치는 대로 읽은 끝에 겨우 내세운 이유는 바로 이것이었다.

「인도의 잘 알려지지 않은 지방 문화를 일본에서 유일하게 배울 수 있는 학교가 있다. 그런데 그 학교에서 열리는 강좌가 그 지역에서만 열린다. 게다가 여름 방학 동안만 유명한 인도인이 실제로 강좌를 맡아 진행한다. 교과서도 여기서는 구매할 수 없기 때문에 도시로 가야만 한다.」

이미 장렬하기 그지없는 이유였다.

부모님과 마지막 교섭은 새벽 세 시까지 진행됐고, 완고한 아빠를 설득하기 위해서 “나에게는 이제 인도밖에 보이지 않아.”라거나 “나를 말리고 싶다면 인도를 없애고 나서 해.”라고 터무니없는 말을 늘어놓은 끝에 “잘못 키웠다.”라는 최악의 말까지 들으며 도시로 가는 것을 허락받게 되었다.

이런 이유로 나는 현재 「이상할 정도로 인도의 잘 알려지지 않은 문화 연구에 푹 빠진 소년」으로 부모님과의 연을 반쯤 끊어가면서 이곳에 오게 되었다.

완전히 자포자기하듯 일을 벌였지만, 히요리의 반응은 의외였다.

히요리를 위해서 이렇게까지 했다는 것은 역시 말하기 부끄러워서 "때마침 전부터 흥미가 있었던 문화에 관한 강좌가 열려서 부모님이 허락해주셨어." 하고 반쯤 멸시당할 것을 각오하며 말했다. 그때 히요리는 "잘됐네. 나도 연구하는 걸 좋아해." 하며 이제까지 본 것 중에서 가장 좋은 반응을 보여주었다.

그런 것을 좋아하다니 의외였다. 이렇게까지 모든 것을 내던져서 얻은 그 말은 내 인생을 바꾸기에 충분했다. 물론 그 "좋아해."라는 부분은 녹음해서, 내가 집을 떠나 있는 동안 내 방을 지키고 있는 완성된 「말하는 히요리 손뜨개 인형」 안에 수록되어 있다.

그런 회상에 잠겨 있는 동안, 전철은 어느샌가 커다란 승강장에 다다랐다.

사람들로 혼잡한 승강장의 모습은 흡사 무슨 이벤트라도 열리고 있는 것처럼 보였다.

"아, 히비야, 이번에 내릴 거야."

"어? 아, 응!"

나는 히요리의 목소리를 듣고 일어났다.

히요리가 들고 온 매우 거대한 캐리어 가방을 간신히 좌석 위에 있는 짐칸에서 내린 뒤에, 대조적으로 몹시 작은 내 가방을 등에 메며 만반의 준비를 갖췄다.

"좋아! 언제든지 내릴 수 있어!"

전철의 속도가 단숨에 느려지자 다리에 관성의 힘이 강하게 느껴졌다.

넘어지지 않도록 힘껏 버티고 있었지만, 정차하자마자 관성이 사라져서 반대쪽으로 기세 좋게 넘어질 뻔했다.

"우와앗……."

"아아, 뭘 하는 거야. 자, 내리자."

히요리는 나의 그런 모습에 한숨을 쉬더니, 벌떡 일어나서 총총 출구 쪽으로 걸어갔다.

"우, 우왓. 잠깐…… 기다려!"

허둥지둥 히요리의 캐리어 가방을 끌며 출구로 향했다.

열린 문에서 내려선 그 세계는, 무수히 많은 사람들로 혼잡해서, 긴장을 늦추면 찌부러져버릴 것 같은 압력을 내뿜고 있었다.

히요리는 가벼운 몸으로 승강장을 총총 걸어 나갔고, 나는 그런 그녀를 간신히 따라갔다.

지면에 그어진 울퉁불퉁한 노란색 선을 캐리어 바퀴로 들들 덧그리면서 에스컬레이터에 간신히 올라탔지만, 벌써부터 숨이 약간 차오르는 것을 느꼈다.

"저기……히요리. 오늘 무슨 축제라도 있는 거야……?"

"응~? 아니, 그런 건 없었을걸. 여름축제도 좀 더 뒤일 테고."

히요리는 손에 든 핸드폰을 만지면서 그렇게 대답했다.

"으, 음~ 그렇구나……."

이것이 도시의 세례라는 것인가.

예전에 러시아워라는 것을 TV로 봤을 때는 "연출이 지나치네—." 하고 코웃음 쳤지만, 이 분위기를 보니 그 화면은 아무래도 현실인 모양이다.

'혹시 우리가 다음에 탈 전철이 그런 상태인 거 아닐까.'라고 생각하니 등골에 오싹하게 오한이 들었다.

에스컬레이터가 내려가며 지면에 가까워지자 익숙하지 않아서 그런지 색다른 긴장감이 들었다.

"내린다……. 내리는 거야……."

마음의 준비를 하며 내렸지만, 생각처럼 잘 되지 않아 휘청거리며 이상한 스텝을 밟아버렸다.

"기운도 좋구나."

먼저 내린 히요리가 짓궂게 웃으면서 그렇게 말하니, 수치심 때문에 얼굴을 들 수가 없었다. 히요리와 다음에 또 에스컬레이터를 탈 때까지 제대로 연습해야만 한다.

우리 앞에 펼쳐진 개찰구는 승강장 이상으로 사람이 붐볐다. 이 인파 속을 지나가야 한다는 사실이 본격적으로 모험처럼 느껴졌다.

히요리는 예상대로 나를 기다리는 일 없이 총총 걸어갔

다. 하지만 뭐, 표도 있으니까 앞사람을 따라가면 괜찮겠지.

처음 보는 자동 개찰구는 굉장한 기세로 사람들을 통과시키고 있었다.

이 기계는 정말 표를 제대로 확인하고 있는 걸까? 한 사람이나 두 사람이 몰래 빠져나갈 수 있을 것 같다.

내 차례가 가까워져서 실수하지 않도록 앞사람의 손을 가만히 주시했다.

앞사람은 뭔가를 꺼내 들고 핏 하고 기계에 댄 뒤 태연하게 빠져나갔다.

과연, 이런 시스템인 건가. 내가 사는 곳의 역에서는 비칠비칠한 할아버지가 표를 한 장 한 장 끊어줬지만, 과연 도시다. 잘은 모르겠지만 굉장한 기술이다.

곧 내가 나갈 순서가 됐고, 캐리어 가방이 개찰구에 끼지 않도록 확인하면서 앞사람과 마찬가지로 기계에 표를 대고 지나갔다.

그러나 삐— 하고 귀에 거슬리게 울리는 전자음과 함께 눈앞에는 갑자기 마치 나를 끼워 죽이려는 듯이 문이 나타났다.

"우, 우와아아아아아!"

너무나 갑작스러운 일에 크게 소리를 질러버렸다. 패닉 상태에 빠져서 뒤를 돌아보니, 어른들이 민폐라고 말하는 듯한 표정으로 아무 말 없이 나를 내려다보고 있었다.

"우, 와…… 히요리—! 도, 도와줘—!"

역무원이 분주하게 달려오는 그 속에서, 조금 앞서 가던 히요리는 나를 어이없다는 듯 바라봤지만, 내가 이름을 부르자 얼굴을 새빨갛게 물들이며 눈을 내리깔았다.

"하하. 괜찮니 꼬마야. 자 보렴. 여기에 표를 넣는 거란다."

역무원이 와서 알려준 대로 표를 개찰기에 넣자, 조금 전까지 시끄러운 소리를 내며 나를 막았던 것이 거짓말처럼 부드럽게 문이 열렸다.

"고, 고맙습니다……!"

겨우 해방됐다는 안도감과 주위의 시선을 견딜 수 없어 개찰구를 빠져나오니, 그 앞에는 히요리가 엄청 무서운 얼굴로 기다리고 있었다.

"넌 나에게 창피를 주기 위해서 온 거니……?"

고오오오오 하는 효과음이 붙을 것 같은 무시무시한 기세에 "히익!" 하는 소리가 작게 터져 나왔다.

"그, 그도 그럴 게 앞사람이…… 그…… 아아, 미안하다니까! 조심할 테니까……."

히요리는 내가 필사적으로 사과하자, 일일이 화를 내봤자 에너지 소모일 뿐 쓸데없는 일이라고 생각했는지 "제대로 좀 해."라고만 말하고 다시 총총히 걸어 나갔다.

앞으로 무사히 아무 일 없이 목적지에 도착할 수 있을까.

다시 히요리를 쫓아가려고 했을 때, 그녀는 갑자기 뒤돌아보며 혀를 삐죽 내밀었다. 그 모습은 마치 "나 잡아봐라."라고 말하는 것처럼 보였다.

"반드시 붙잡아 줄 테니까……!"

나는 캐리어 가방의 손잡이를 고쳐 쥐며, 혼잡한 거리로 사라질 듯한 히요리를 향해서 크게 한 걸음을 내디뎠다.

*

태양 빛이 뜨겁게 타오르는 무더위 속에서, 지금까지 맛본 적 없는 뜨거운 광선이 사방팔방에서 덮쳐왔다. 내 남은 라이프 수치가 바닥나기 직전에, 우리는 간신히 붉은 벽돌로 지어진 작은 집 앞에 도착했다.

"다 왔어……? 정말 다 온 거야……?!"

"다 왔지 그럼. 바보 아냐?"

역 개찰구를 빠져나온 뒤에는 이상할 정도로 사람이 바글거리는 지하철 안에서 몹시 시달려야만 했다. 이제 지상으로 나왔으니 괜찮을까 싶었지만 너무나 많은 교통량에 농락

당하질 않나, 길을 건너려고 하면 무엇을 지시하는 건지도 잘 알 수 없는 신호기들에게 놀아나는 등 엄청난 고역을 치렀다.

게다가 이 태양 광선.

시골에서는 상상할 수 없을 정도로 공격적인 이 더위는 놀라운 속도로 내 라이프 포인트를 빼앗았다.

"나…… 도시를 싫어할지도 모르겠어."

"그러니? 뭐 와버린 건 어쩔 수 없으니까 참아야겠네."

히요리는 귀여운 양산을 쓴 채로 땀도 흘리지 않고 완전무결한 무표정으로 그렇게 말했다.

이것이 도시의 세례인가……. 그렇게 이미 오늘 하루 네다섯 번은 생각했을 말을 다시 떠올렸다. 하지만 이제부터 히요리와의 해피 도시 라이프를 실행하는데, 이 정도 일로 약한 소리를 내면 뒤돌아보게 만들기는커녕 살아서 돌아갈 수조차 없겠지.

그렇다. 부정적인 생각은 그만두자. 이 집 문을 열 때부터 우리의 잊을 수 없는 공동생활이 시작되는 것이다.

그래, 여기서 2주일이 채 안 되는 기간 동안 히요리와 함께 지내게 된다. 그동안에 히요리를 뒤돌아보게 만들지 못하면, 이제 기회는 두 번 다시 돌아오지 않겠지.

무려 거기에 그치지 않고, 남은 긴 인생을 쓸데없이 인도 지방 문화를 연구하는 데 허비하게 되겠지. 그것만은 절대로 피해야 했다.

무슨 일이 있어도 이곳에 머무는 기간 동안 히요리의 마음을 얻어서, 장래에 히요리를 신부로 얻고 인도에서 승려로 살며 일생을 마치는 것이다.

이 길밖에는 없다.

"저기~ 실례합니다~."

내가 그런 하찮은 망상에 빠져 있을 때, 히요리는 그런 나를 신경도 쓰지 않은 채 인터폰을 연타하기 시작했다.

"자, 잠깐 그렇게 누르지 않아도……."

"뭐? 하지만 나오질 않으니 어쩔 수 없잖아. 아무도 안 계세요~?"

집요하게 계속해서 인터폰을 누르는 그 모습은, 마치 깡패가 돈을 뜯으러 온 것 같았다.

이렇게 작고 귀여운 깡패가 돈을 뜯어가는 거라면, 차라리 우리 집으로 찾아왔으면 좋겠다. 그리고 가능하면 나를 거둬가 줬으면 좋겠다.

"저기 말이야 히요리, 집에 아무도 없는 거 아닐까?"

"그럴 리 없어. 나는 너랑 다르니까 약속 날짜와 시간을 착각할 리 없어."

"아니, 그런 문제가 아니라……."

내가 제지하는 목소리를 들으려고도 하지 않고 히요리는 무서운 기세로 연타를 계속했다. 그러자 문 저편에서 찰칵 하고 자물쇠가 열리는 소리가 들렸다.

"아! 봐봐 역시 있잖아. 그나저나 형부와 만나는 것도 오랜만이네."

"우, 우와…… 왠지 긴장된다."

어쩌면 내 매형이 될 수도 있는 사람과 처음 만나는 자리다.

당연하게도 내 의지와는 상관없이 심장이 크게 뛰었다. 여기서는 가능한 한 늠름한 표정으로 임해야만 했다.

등줄기를 쭉 뻗고 발가락 끝까지 힘을 넣어 문이 열리기를 기다린 지 30초.

계속해서 찰칵찰칵 하고 자물쇠를 만지는 소리가 들렸지만, 문이 열릴 기색은 조금도 보이지 않았다.

"……어떻게 된 걸까."

몸에 힘을 주는 것도 점점 한계에 달해서 전신이 부들부들 떨리기 시작했다.

표정에도 힘을 잔뜩 주고 있었다. 그 때문인지 히요리가 옆에 서 있는 나를 보며 「우와…….」라고 말하는 듯 이상한 표정을 짓는 것이 시야 끝에서 보였다.

참고 참아야만 한다. 여기에서 매형에게 안 좋은 인상을 심어줄 수는 없다. 늠름한 모습으로 만나야 한다.

찰칵하는 기분 좋은 소리가 울리고 문이 천천히 열렸다.

"하아. 무슨 생각을 하고 있는지 모르겠지만 문 열렸어. 정말이지 형부는 뭘 하고……."

활짝 열린 문 저편에는 이마에 땀이 맺힌 백발의 청년이 뭔가를 달성한 듯한 기쁨에 가득 찬 표정을 짓고 있었다.

그 모습은 내가 들었던 것보다 훨씬 젊어 보였다.

분명 히요리와 히요리의 언니는 나이 차가 많이 난다고 들었다. 눈앞의 청년이 남편이라면 상당히 나이 차가 많이 나는 사람과 결혼했다는 소리가 된다.

"미, 미안. 문 따는 법을 몰라서……."

문 따는 법을 모른다고? 도대체 무슨 소리야? 이 집에서 오랫동안 살고 있었을 사람이 그런 말을 할까.

머릿속에서 의문이 차례차례 떠오르기 시작했다. 아니, 아니 아니 기다려. 그런 생각을 하면 안 돼.

이 사람이 정말로 히요리의 형부라면 어떡할 건데?

실례를 범하면 내 장래에 큰 영향을 미친다.

"혀, 형부가 상당히 젊으시네, 히요……."

미소를 지으며 히요리를 바라보자, 히요리는 이때까지 본 적 없는 표정을 짓고 있었다.

눈은 마치 작은 보석을 박은 것처럼 반짝반짝 빛나고, 볼은 마치 붉은 매화 염료로 정성껏 염색한 듯 붉게 물들었다.

"멋있다……."

히요리는 그 말과 함께 눈앞에 있는 백발의 청년을 선망 가득한 시선으로 똑바로 바라보고 있었다.

"무, 무무무슨 소리야, 히요리?! 어? 이 사람이 멋있다고?! 그, 그렇지만 이 사람은 언니의 남편이잖아?!"

히요리는 청년에게서 눈을 떼지 못한 채, 내 질문에 고개를 옆으로 저었다.

"아니. 처음 보는 사람이야. 정말 근사하다……."

마치 도기로 만들어진 장식물이 쨍그랑 소리를 울리며 떨어져서, 뭔가가 산산이 부서지는 듯한 소리가 들렸다.

히요리에 의해 매장당했던 아사히나 팬들의 환영(幻影)이 오랜만에 하늘에서 실오라기 하나 걸치지 않은 모습으로 나를 데려가려고 내려왔다. 도대체 뭐가 어떻게 돌아가고 있는 거야.

여기는 히요리의 언니네 집이 틀림없을 것이다.

그런데 왜 히요리도 본 적이 없는 사람이 집에서 나오는 거지? 아니, 이 청년은 정말 수상한 사람인 것 아닐까. 꼭 그래야만 한다.

여하튼 빨리 히요리의 앞에서 이 청년을 제거하지 않으면……!

"자, 잠깐. 당신은 도대체 누구세요? 여기는 히요리의 형부네 집이죠?! 왜 여기에 있는 겁니까?!"

날카롭게 따지고 들었지만, 청년은 멍한 표정을 지을 뿐이었다.

큰 키에 가지런한 이목구비는 보면 볼수록 마음에 들지 않았다.

"어? 히요리라니…… 아, 선생님이 말했던 사람이구나."

청년은 납득한 모습으로 현관에서 맨발로 나와 히요리 앞으로 탁탁 걸어왔다.

"처음 뵙겠습니다. 저는…… 음, 아마도 코노하라고 합니다."

"어머…… 난 몰라, 어떡해……! 저, 저기 처음 뵙겠습니다! 아사히나 히요리라고 합니다. 선생님……이라는 건 형부의 학생이세요?"

"어? 으음…… 그렇게 되나."

"역시! 집을 보고 계셨던 건가요? 형부는 바쁘신 것 같으니까……."

"응. 찾아오면 집으로 들여보내라고 했어."

아니, 잠깐 기다려. 왜 좋은 분위기가 되어가는 거야. 자신을 코노하라고 밝힌 청년과 이야기를 나누는 히요리의 얼굴은, 마치 이상적인 왕자님을 만났다고 말하는 듯 변함없이 반짝반짝 빛을 내고 있었다.

그리고 아마도 그 시야에 내 모습은 이미 보이지 않겠지.

심장이 분노로 부글부글 끓어오르는 소리가 머릿속에서 울려 퍼졌다.

"저, 저기 말이지, 히요리. 이 사람 조금 수상해 보이지 않아~? 뭔가 그 이야기도 거짓말 같은 냄새가 나는데……."

"뭐—?! 너 무슨 소릴 하는 거야?! 이렇게 멋진 사람이 거짓말을 할 리가 없잖아?! 바보 아니야?!"

"힉……!"

히요리의 말 하나하나가 가슴에 푹푹 박히고, 내 마음은 터무니없이 제멋대로인 이론에 의해 보기 좋게 때려눕혀졌다.

그 압도적인 공격력 앞에서 내 진부한 이론 같은 것은 의미 없이, 그저 작게 움츠러들 수밖에 없었다.

"저기. 코노하 씨. 이런 녀석은 내버려 두고, 빨리 안으로 들어가요!"

"어? 아니, 이 애도 들여보내라고 하셨어."

청년은 그렇게 말하더니 이번에는 내 눈앞으로 탁탁 걸어왔다.

"으음, 나는 코노하라고 해. 그, 잘 부탁할게?"

"……아마미야 히비야입니다. **잘 부탁합니다**……!"

질투의 불길에 미친 듯이 날뛰는 가슴을 필사적으로 억누르며 간신히 그 말만을 쥐어 짜냈다.

"우와~ 히비야, 잘됐다. 코노하 씨가 친절하게 인사도 해주고! 그럼, 코노하 씨! 안으로 들어갈까요?"

"아, 응."

나는 히요리에게 등을 떠밀리면서 집 안으로 탁탁 들어가는 코노하의 모습을 대놓고 노려보았다.

저 녀석은 도대체 뭐지?

히요리의 형부를 「선생님」이라고 부르고 우리를 집으로 들여보내도록 부탁받았다는 것은 아마 학생이라든가 그런 거겠지.

아니, 그런 건 어찌 되든 좋다.

지금 가장 중요한 것은 저 녀석을 한시라도 빨리 여기에서 쫓아내고, 히요리의 눈을 어떻게든 나에게로 돌리는 것이다.

나는 하늘 위에서 나를 손가락질 하며 껄껄 웃는 아사히나 팬의 망령 자식들에게 가운뎃손가락을 세워 보이고, 집 안으로 들어가서 뒷짐으로 힘껏 현관문을 닫았다.

칠드런 레코드 2

시계 소리가 방 안에 째깍째깍 울려 퍼졌다.

시각은 이미 저녁 아홉 시가 되려는 참이었다.

파이프가 드러난 천장에는 곳곳에 알전구가 매달려 있었지만, 지나치게 밝지는 않은 절묘한 생활 공간을 연출하고 있었다.

부엌에 선 키도가 몇 분 동안 6인분의 식기를 척척 씻었다. 식기 건조대에는 깔끔하게 통일된 식기가 산처럼 쌓여 있었다.

배부르게 저녁 식사를 한 코노하는 테이블을 사이에 두고 나와 마주 보는 곳에 놓인 소파에 앉아 있었다. 코노하는 졸린 듯이 꾸벅꾸벅 눈을 반쯤 감았다가 "안 되지 안 돼." 하고 다시 눈을 뜨는 동작을 반복했다.

"음냐…… 이제 더 못 먹겠어요. ……아, 역시 먹겠습니다……."

내 왼편에서는 여동생이 군침을 흘리는 끔찍한 모습으로 행복감이 가득 넘쳐흐르는 표정을 지으며 깊이 잠들어 있었다.

……잠깐 기다려. 우리는 지금 뭐 하는 거지. 어린애인가. 아니면 키도가 이상할 정도로 「어머니」처럼 행동할 뿐인가.

어느덧 정말로 친구네 집에 자러 온 것 같은 느낌이 들었다.

오늘 아침은 메카쿠시단 녀석들을 보고 '이 녀석들은 뭐야. 수상해.' 하고 미간을 찌푸렸지만, 단 하루 만에 몹시 친숙해져버렸다.

오랜만에 사람과 대화를 나누는 나조차도 이렇듯 간단하게 친숙함을 느낄 정도로 메카쿠시단 녀석들은 싹싹했다.

"꿈속에서도 밥을 먹다니 역시 여동생 씨……. 그나저나 먹고 나서 바로 잠들었는데 이거 어떻게 된 일인가요, 주인님."

"몰라. 소라도 되고 싶은 게 아닐까?"

모모는 어지간히도 지쳤는지, 저녁 식사를 배 터지게 먹은 지 몇 분 만에 잠들어버렸다.

"이 녀석은 조금 전에 뚱뚱하다는 말을 듣고 진심으로 화를 냈던 주제에 뭐 하는 건지……."

당사자는 아마 이미 그런 이야기는 전혀 기억도 못 하겠지. '시집도 안 갔는데 이래서는 너무…….'라고 생각해봤자 소용없다는 사실을 이미 오래전에 깨달았다.

"뭐, 괜찮지 않나. 지쳤겠지. 어이 키사라기, 일어나. 잘 거면 내 방에 가서 자라."

키도는 설거지를 끝내고 가슴에 「솜씨」라고 자수가 들어간 장인 정신이 느껴지는 앞치마를 벗으면서 모모에게 다가갔다.

키도가 모모의 뺨을 찰싹찰싹 때렸지만, 모모는 "으아~ 의외로 먹을 만하네요……." 하고 여전히 꿈속에서 행복한 식사를 하고 있는 모양이었다.

"아~ 미안. 그 녀석 한 번 잠들면 아침까지 안 일어나. 내버려 둬도 돼."

"그럴 수는 없지. 할 수 없군. 옮겨줄까…… 읏?!"

키도는 그렇게 말하며 모모를 끌어안으려 했지만, 뭔가 예상 밖의 일이 일어났는지 표정을 작게 일그러뜨렸다.

"의, 의외로…… 무게가 나가는구나, 키사라기…… 읏!"

키도는 간신히 모모를 안아 들고 조금 전 히비야를 가뿐히 옮겼던 때와 비교할 수 없을 정도로 거친 숨을 쉬었다.

그러고 보니 예전에 모모가 실렸던 아이돌 사전인가 뭔가에는 보자마자 무심코 "훗." 하고 코웃음이 나올 것 같은 몸무게가 적혀 있었다.

키도가 비틀비틀 모모를 옮기는 모습을 멍하니 지켜보고

있으니, 이번에는 코노하가 앉아 있는 눈앞의 소파 쪽에서 "쿨— 쿨—." 하고 코 고는 소리가 들렸다.

이 녀석도 이상한 녀석이다. 멍한 표정은 정말로 무슨 생각을 하는 건지 알 수가 없다.

처음 만난 녀석들의 집에서 경계심도 없이 새근새근 자고 있다.

……마치 어린아이가 그대로 덩치만 커진 것 같다.

조금 전 히비야의 태도를 봤을 때, 이 녀석들 사이에는 상당히 복잡한 「사정」이 있겠지.

아니, 이 녀석들에게만 해당하는 이야기는 아니다. 에네와 메카쿠시단 녀석들도 겉으로 드러나지 않은 사정이 있을 것이다.

조금 전 에네의 모습을 봐서도, 깜빡 잊어버릴 뻔 했지만 이 녀석에게도 어떤 과거가 있다. 이런 특수한 존재를 몰래 숨겨두고 있다는 사실 자체가 터무니없는 일일 것이다.

'이 녀석은 내가 있는 곳으로 오기 전에 도대체 어떤 일을 겪었을까.'라고 생각하곤 하지만, 물어보면 항상 얼버무리며 넘어간다.

문득 핸드폰 화면을 천천히 보니, 에네는 이런 내 생각을 아는지 모르는지 부랴부랴 이부자리를 깔기 시작했다.

"……너, 뭐 하는 거야?"

"네? 뭐 하다니요. 잘 준비하는 건데요."

"아, 아— 그래……."

에네는 예전에 "저는 성능이 뛰어나서 잠을 자지 않아도 끄떡없어요!" 하고 큰소리를 쳤던 것 같은데…….

아니, 이 이상은 딴죽을 날리는 것도 귀찮아서 그만두기로 했다.

"후우, 오래 기다렸지?"

키도는 문이 쾅 닫히는 소리와 함께 어깨를 빙글빙글 돌리면서 그렇게 말했다.

"저 녀석은 아무래도 먹는 양을 줄이는 게 좋겠군."

"하하, 정말 미안. 계속 신세를 지게 되네."

"아니, 우리 쪽 사정 때문이니까. 신경 쓰지 마. 하지만 오늘은…… 완전 전멸이구나."

돌아온 키도는 어이없다는 표정으로 그렇게 중얼거리면서 맞은편 소파에 앉았다.

현재 일어나 있는 멤버는 나와 키도와 에네 세 명뿐이다. 조금 전에 탈락한 코노하는 키도의 옆에 맥없이 쓰러져서 양손을 아무렇게나 뻗고 있었다.

"어머머, 가짜 씨도 잠자리에 드셨나 보네요~. 제멋대로이기도 하셔라."

에네는 조금 전에 깐 이부자리에 들어가서, 얼굴만 빼꼼히 내민 상태로 코노하의 자는 얼굴을 가만히 응시하며 그렇게 투덜거렸다.

"뭐야 그 『가짜 씨』라는 건?"

"음. 이 사람에게 붙인 별명이에요. 헷갈리기 쉬워서 저는 이렇게 부르려고요."

"아— 아는 사람과 닮았다고 했지. 그나저나 너의 지인이라니 도대체……."

질문을 하려고 하자 에네가 나를 날카롭게 노려보았다.

"뭐, 뭐야……. 아~ 알았다, 알았어. 안 물어볼게……."

에네는 내가 그렇게 말하고 난 뒤에야 만족스러운 표정으로 생긋 웃었다.

"알아주시면 됐어요. 뭐, 저야말로 어떻게 된 일인지 잘 모르겠지만 말이죠. 둔감한 주인님에게도 조만간 제대로 이야기할게요."

그리고 이번에는 약간 슬퍼 보이는 표정을 지었다.

평소 같았으면 얼렁뚱땅 얼버무렸을 텐데, 이 녀석의 입에서 "언젠가 말하겠다."라는 말을 들은 것은 처음일지도 모르겠다.

아니, 이 녀석의 일이다. 그저 적당한 말로 둘러댄 것일지도 모른다.

"뭐, 각자 여러 가지 사정이 있는 법이니까. 그보다 꼭 이야기를 나눠봐야겠다 싶어서 이 녀석을 데려왔지만……."

키도가 옆을 내려다봤지만, 코노하는 완전히 깊이 잠들어 있었다. 조금 전까지 잠들지 않도록 힘껏 버텼던 것이 무색하게도, 코노하는 잠에게 참패했다. 코노하는 결국 키도가 내쉰 "하아……." 하는 한숨과 함께 지면으로 스르르 떨어졌다.

"이런 상태니까 말이지. 여하튼 이런 시간이니 뭐라 할 수도 없겠지만."

키도는 의자에 몸을 깊이 묻고 등받이에 팔을 걸치며 다리를 꼬았다.

"이야기는 내일…… 해야겠지. 저 녀석은 결국 어떤 상태인 거야?"

"응? 아—. 히비야라고 했던가. 저 녀석의 눈에 떠오른 붉은빛은 아마 우리들과 같은 『능력』이 나타날 징조다."

키도는 천장을 바라보면서 그렇게 말했다.

히비야는 그 뒤에 결국 눈을 뜨지 않았지만, 여전히 불안정한 상태 같았다. 상황을 파악한 세토가 만일을 위해 상태를 지켜보면서 간병을 하겠다고 자청했다. 이것이 현재 상황이다.

"그렇구나……. 뭐, 세토가 간병해준다니, 왠지 안심이 되네."

나도 어쩐지 천장의 알전구를 바라보면서 그렇게 말했다. 키도는 내 말을 듣고 작게 쿡 하고 웃음을 터뜨렸다.

"아니, 그 녀석은 착실하기는 하지만 허술한 부분도 있어.

아마 이미 잠들어버렸을지도 모르지."

나는 세토를 만난 뒤로 「꽤 야무진 사람」이라는 인상을 받았지만, 세토를 오래 알고 지낸 키도는 좀 다르게 생각하는 것 같았다.

그럴 만도 하다. 오늘 아침에 처음 만난 내가 그 녀석을 깊이 파악할 수는 없겠지.

"저기. 너희들은……."

"응? 뭐지?"

키도는 말을 하다 말고 머뭇거리는 나를 어리둥절한 표정으로 바라보았다. 물어봐도 될까. 물어보게 되면 이제 원래대로 되돌아갈 수 없는 게 아닐까. 그렇게 고민했지만 졸음의 힘을 빌려서 서서히 입을 열었다.

"너희들의 그 눈에 대해서…… 물어봐도 괜찮을지 솔직히 모르겠지만, 평범한 게 아니지? 모모도 그래. 저 녀석은 저렇게 됐을 때의 일을 기억하지 못한다고 말하지만, 아무래도 너희와 관계가 있을 것 같아."

나는 단도직입적으로 물었다. 키도는 여전히 어리둥절한 표정으로 듣고 있었지만, 내 질문이 다 끝나자 훗 하고 온화한 미소를 띠었다.

"……이 녀석과 이야기하기 전에 너에게 먼저 설명을 했어야 했는데. 미안하군."

키도는 그렇게 말하고 몸을 앞으로 숙이며 무릎 사이로 손깍지를 꼈다.

"어, 아니. 괜찮아. 그냥 뭐라고 해야 할까, 역시 신경이 쓰여서……."

묘하게 멋쩍어져서 눈을 딴 데로 돌려버렸다.

"아니, 설명해야만 하는 이야기다……. 단지 네가 말하는 것처럼 평범한 것과는 거리가 멀어서, 공공연하게 말할 수 있는 이야기는 아니지. 우리는 이 능력 때문에 학대 받기도 했어. 그래서 몸을 지키기 위해서도 바로 말을 할 수가 없었어."

키도가 말한 내용에 무심코 얼굴을 들었다.

키도는 슬픈 기색 하나 없이 그저 강한 의지가 깃들어 있는 듯한 맑은 눈동자로 나를 보고 있었다.

"그, 그렇구나. 나는 이해할 수 없는 일이니까. 그야 그렇겠지……."

그렇다. 이 녀석들에 대해 알게 된다고 해서 내가 무엇을 할 수 있다는 말인가. 그래, 내가 조금 전에 말을 머뭇거린 이유도 이 때문이었다.

흥미 본위로 물어서 어쩌자는 건데?

내가 뭘 할 수 있는데?

히비야가 휩쓸렸다는 『사건』은 본인의 말을 들어보건대 사람의 목숨이 관련된 이야기였다.

어쩌면 경찰도 끼어들 수 없는 사건일지도 모른다.

히비야는 키도 일행과 같은 능력에 눈을 뜨기 시작했고, 키도 일행은 그것을 보호하고 도와주겠다고 말했다.

나는 어떻게 해야하지?

정말 내가 들어도 괜찮을까.

여기서 아무것도 듣지 않고, 내일 아침 아무것도 모르는 척 시치미를 떼며 집으로 돌아가서 일상생활로 복귀한다는 선택지도 있겠지.

그렇다. 나와 상관없는 이야기다. 나와는…….

『또 도망치는 거야?』

순간 등골이 오싹했다. 누군가가 내 심장을 움켜쥔 것 같은 고통이 느껴지면서 이마에 서서히 식은땀이 맺혔다.

“신타로? 어이, 괜찮나. 상태가 별로 안 좋아 보이는데…….”

“아, 아—. 아니 아무것도 아니야. 괜찮아. 걱정 끼쳐서 미안.”

“……그런가. 너도 지쳤을지도 모르지. 내일 마저 이야기할까?”

내일. 내일 나는 여기에 있을까. 에네는 조금 전 나에게

"돌아가자."라고 말했다. 확실하지는 않지만 내 안위를 걱정하는 걸지도 몰랐다.

하지만…….

"……아니, 조금이라도 좋아. 이야기해줘."

이대로 방으로 돌아가서 뭘 하겠다는 거야.

나는 어쩌면 이 녀석들과 떨어지고 싶지 않은 걸지도 모른다. 다시 혼자가 되는 게 무서운 것뿐일지도 모른다.

"알았어. 그럼 이야기하지. 내가 이 능력을 손에 넣었을 때의 이야기야."

키도는 뭔가를 깨달은 듯 다시 미소를 짓더니, 눈을 깜빡인 뒤 자신의 눈을 붉게 물들였다.

"눈을 가리는 능력……. 카노는 그렇게 부르지만, 요컨대 나와 주변에 있는 물체의 존재감을 희미하게 만드는 능력이야."

키도는 그렇게 말하고 테이블 옆에 놓인 잡지를 집었다. 키도가 내 눈앞에 들어 올린 잡지는 끝에서부터 서서히 희미해지더니 깨끗하게 사라져버렸다.

찬찬히 보게 되니 새삼 엄청난 능력이라는 사실을 깨달았다. 키도가 공공연하게 말할 수 없는 것도 당연하겠지.

이런 능력이 있다는 사실을 많은 사람들이 알게 되면 기자들이 연일 들이닥치겠지. 결국 어딘가의 연구 시설로 데려가네 어쩌네 하며 최악의 상황으로 흘러갈지도 모른다.

“『이것』을 손에 넣기 전, 나에게도 부모님이 계셨어. 그렇다고는 해도 어머니는 친어머니는 아니었지만. 형편없는 아버지였지. 아버지는 계집질을 일삼은 끝에 회사를 말아먹었어. 그리고는 마지막으로 집에 불을 질렀지.”

“뭐, 뭐야 그건…….”

말하기 시작한 지 불과 몇 초 만에 나온 키도의 과거는 장렬했다. 하지만 키도는 떠올리는 데 괴로워 보이는 기색도 없이 “그런 일도 있었지—.” 하고 마치 초등학생 시절의 추억을 이야기하는 것처럼 무덤덤한 말투로 말했다.

“하하. 지독한 이야기지? 하지만 중요한 것은 이제부터야.”

“으, 응…….”

“아버지가 불을 질렀을 때, 나와 우리 가족은 전부 집 안에 있었어. 나는 언니와 둘이서 방에 갇혀버렸고.”

“그, 그러면 죽잖아…….”

솔직히 키도가 들려주는 이야기는 꽤 무서웠다. 키도는 내가 무서워한다는 사실을 눈치챘는지 살짝 짓궂은 미소를 지으며 이야기를 이어나갔다.

“아— 죽었지. 결국 숨도 제대로 쉴 수 없게 되고, 몸도 불타올랐어."

"히이익……."

"그리고 그때 본 거야. 집 벽이 쫙 갈라지더니 커다란 어금니가 달린 입 같은 것이 벌어진 모습을!"

"우와악!"

키도는 소중히 간직해두었던 무서운 이야기를 하는 것처럼 꽤나 흥분한 어조로 말했다.

그것은 시간이 시간이니만큼 즉각적으로 내 공포심을 부추기는 데 성공했다.

오늘 유령의 집에서 엄청 추태를 부렸던 이 녀석에게 겁을 먹었다는 사실이 몹시 원통했다.

하지만 키도는 잔뜩 흥분한 것에 비해 좀처럼 뒷이야기를 이어나가지 않았다. 그저 어떠냐 라고 말하는 듯이 팔짱을 끼고 득의에 찬 표정을 짓고 있었다.

"……그, 그래서?"

내가 견디지 못하고 그렇게 묻자, 키도는 그 자세 그대로 득의양양하게 대답했다.

"응? 그게 다야."

"뭐?"

골탕먹은 것 같은 느낌에 무심코 벌려진 입이 다물어지지 않았다.

방금 들은 이야기대로라면 주인공은 전신에 큰 화상을 입은 끝에 정체를 알 수 없는 거대한 괴물에게 잡아먹혔을 것이다. 하지만 눈앞에 있는 이 녀석은 뭔가에 잡아먹혀서 소화된 적도 없는 것 같아서 아무래도 이야기가 이어지지 않았다.

"그, 그럼 그 능력은 도대체 어떻게 된 거야?"

"아— 집이 불탄 자리에서 눈을 뜬 이후로 사용할 수 있게 되었어. 화상 자국도 깔끔하게 사라져 있었고. 정말 이상한 이야기지."

"그, 그럼 그 쫙 벌려진 입 같은 것은 뭐였던 거야."

"그것도 모습만 얼핏 봤을 뿐, 그 이후는 전혀 기억나질 않아. 아마 삼켜졌을 테지만, 살아남은 것은 나뿐이라 도대체 뭐가 어떻게 돼서 이렇게 됐는지는 잘 몰라."

키도는 양손을 작게 들어서 「어쩔 수 없지.」라는 의미의 몸짓을 했다.

결국 이야기를 전부 듣기는 했지만, 본인도 잘 모르는 부분이 많아서 수수께끼는 깊어질 뿐이었다.

"과연……. 그렇다는 건 너희들도 예상외로 잘 모른다는 이야긴가."

"그래. 물론 조사할 수 있는 것은 다 조사해봤지만……. 뭐 한창 알아가는 중이지. 어린 시절 나는 경찰에게 필사적

으로 이야기했지만, 결국 아무 진전도 없었어."

확실히 이런 내용을 솔직하게 말해도 신용하기는커녕 오히려 이야기가 복잡해지겠지.

과연, 히비야의 몸에 일어난 일이 키도 일행과 비슷한 사정 때문이라면, 확실히 경찰에게는 말하지 않는 편이 좋을지도 모른다. 키도가 히비야를 여기로 데려오며 돕겠다고 말한 것도 자신의 옛 모습을 겹쳐봤기 때문일까.

『경찰이 신용하지 못할 부분』. 그래, 아무래도 그 부분이 마음에 걸렸다.

어쨌든 방금 들은 이야기 속에서 가장 이질적인 부분은 키도를 삼켰다는 「커다란 입」이겠지. 그 밖의 내용은 처참하긴 해도 현실에서 일어날 법한 이야기다. 이 녀석들의 「평범하지 않은」 부분과 이어질 만한 핵심은 아마 그 부분일 것이다.

"다른 녀석들은 어때? 카노나 세토도 그 『커다란 입』에 삼켜졌었대?"

"카노는 『완전히 똑같은 것을 봤다.』라고 말했지만, 마찬가지로 그 직후의 기억이 없는 모양이야. 세토는 강에 빠진 뒤에 그렇게 된 모양이라, 봤는지 어땠는지도 애매한 것 같아."

키도의 「빠졌다」라는 단어에, 정말 안개가 낀 것 같은 기억이지만, 우리의 어린 시절이 떠올랐다. 지금까지도 이따금씩 떠올랐던 기억이었지만, 키도의 이야기를 듣고 나니 그 기억은 지금까지와 달리 기분 나쁜 분위기를 띠기 시작했다.

"……그러고 보니 모모도 바다에 빠진 뒤부터 저렇게 되기 시작했는지도 몰라."

"키사라기가?"

"응, 그렇지만…… 저 녀석에게는 이런 이야기를 하지 말았으면 해. 그때, 그…… 아빠가 모모를 구하려고 했거든……."

당시 아빠가 파도에 휩쓸린 모모를 구하려 했던 모습을 많은 사람들이 지켜봤던 모양이다. 아빠가 모모가 있는 곳까지 헤엄쳐갔을 때, 두 사람은 파도에 삼켜졌다.

나는 학원에 가느라 나중에 그 이야기를 엄마에게 전해 들었다. 사고가 난 직후 필사적으로 수색했지만, 아빠는 발견하지 못하고 다음 날 모래사장에 밀려 올라온 모모를 발견하고 구조했다고 한다.

"그랬구나……. 알았어. 키사라기에게는 함부로 할 만한 이야기가 아니겠군."

"부탁할게. 다만 네가 조금 전에 들려준 이야기를 듣고 짚이는 부분이 있어."

그렇다. 아무래도 모모가 바다에 빠진 이야기는 조금 전의 키도가 한 이야기와 겹치는 부분이 있었다.

키도는 조금 전 "불탄 자리에서 눈을 떴다."라고 말했다. 그렇다는 것은 집이 전소해서 깡그리 불타버릴 때까지 그곳에 있었다는 말이 된다.

모모가 발견된 것은 사고가 난 다음 날이었다. 모모도 발견될 때까지 바닷속을 떠돌아다녔다는 이야기가 된다.

단순하게 생각했을 때, 그런 상황에서 과연 사람이 살아남을 수 있을까?

아니, 불가능하다. 어쩌면 기적이 일어났을지도 모르지만, 이 경우에 그 말에 매달리는 것은 무의미하겠지.

왜냐하면 키도가 봤다는 「커다란 입」의 이야기를 집어넣으면 앞뒤가 모두 들어맞기 때문이다.

그 「커다란 입」이 키도가 불에 탄 순간과 모모가 질식한 순간에 두 사람을 삼켜버렸다고 한다면 어떻게 될까. 그 입이 두 사람을 삼키고 있다가 발견되기 직전에 「토해버렸다」고 한다면.

확실히 엉뚱한 이야기지만, 키도와 모모가 지닌 『눈의 능력』이 이 이야기를 증명할 수 있지 않을까.

"너희들의 눈의 능력이, 네가 본 그 『커다란 입』이 원인이라 생각하면, 모모도 그때 그 입에 삼켜진 게 아닐까 싶어서 말이지……. 아니, 뭐 엉뚱한 이야기지만."

분명 황당하긴 하지만 이 녀석들이 지닌 『눈의 능력』 앞에서는 상식도 무력해진다고 느낀다.

이 녀석들의 몸에 일어난 이야기를 비교해보니, 아무래도 그 「뭔가」의 존재가 열쇠가 될 것 같다.

있을 수 없는 능력의 원인이 된, 있을 리 없는 존재…….

"흠, 확실히 우리도 비슷한 생각을 하긴 했지만, 키사라기의 몸에 일어난 이야기를 보태면 『그것』 때문에 능력이 생겼다고 봐도 틀림없겠지. 카노 녀석도 비슷한 것을 봤다고 말했고……. 다만……."

"다만?"

키도는 뭔가 마음에 걸리는 게 있는 듯한 모습으로 입가에 손을 댔다.

뭔가 머릿속에서 조각 하나하나를 짜 맞추는 것처럼, 키도의 시선은 테이블의 한곳을 응시하고 있었다.

"아니, 그러니까 말이지. 키사라기의 이야기도 그렇지만, 우리는 공통적으로 『누군가와 함께』 죽을 뻔했어. 카노는 자신의 어머니와, 세토는 친구와 그렇게 됐다고 들었지."

키도는 아직 뭔가를 생각하는지, 테이블에 시선을 떨군 채 그렇게 말했다.

"하지만 우리만 살아남았어. 게다가 함께 있었던 녀석은 결과적으로 『실종』되었지."

키도의 이야기를 듣고 깜짝 놀랐다.

"저기, 너희 집에 불이 났을 때, 함께 있었던 가족은…… 그, 시체를 찾았어?"

"응, 찾았어. 아버지와 어머니만……. 다만 언니는 시체도 찾지 못했어. 불탄 자리에 살아남아서 발견된 것은 나뿐이야."

"그렇다는 말은……."

두 가지 사건, 눈에 깃든 능력, 『커다란 입』.

여기에 히비야가 말한 「여자애가 죽었을지도 몰라. 구하러 가야 한다.」라는 말을 더하니 어떤 하나의 가설이 떠올랐다.

"너희들은 누군가와 함께 『뭔가』에 삼켜진 뒤에, 각자 혼자만 능력을 얻고 이쪽으로 돌아온 게 아닐까……?"

키도는 내 이야기에 덧붙이듯이 이야기를 거듭했다.

"그리고 함께 삼켜진 사람들은 아직까지 누구 하나 발견되지 않았어. 그렇다면 여전히 그 입안에 삼켜져 있다는 말이 되겠군."

예상도 하지 못했던 뜻밖의 사실은 우연일지도 모르지만, 가설로서 형태를 갖췄다. 모모에게 나타난 능력, 사라진 아빠, 알 길이 없었던 「진실」이 마치 필연처럼 조금씩 도출되고 있었다.

"실제로 우리도 그렇지 않을까 하고 생각했어. 『어쩌면 그 「입」 속에 소중한 사람이 살아 있는 것이 아닐까.』라고 믿고, 가능한 한 그 정체를 알아봤지. 하지만 다들 가장 중요한 『그쪽』에 있었을 때의 기억이 전혀 없어서……."

키도는 다시 한숨을 쉬고 등받이에 몸을 기댔다. 부모님, 가족, 소중한 사람을 잃고 나서 지금의 생활에 이르기까지, 이 녀석들은 얼마나 괴로운 일을 겪었을까.

어쩌면 외톨이가 된 뒤, 기괴한 능력 때문에 시달렸을지도 모른다.

그런 생활 속에서 어떤 기분으로 살아왔을까.

나는 전혀 상상이 가질 않았다. 그리고 자신이 얼마나 자기중심적이고 자유롭게 살아왔는지를 실감했다.

그렇다. 모든 것을 포기하고 스스로 외톨이가 되기를 선택한 내가 이 녀석들에 대해 뭘 알 수 있겠는가.

이 녀석들은 그 「고통」을 아플 정도로 알고 있었기 때문에, 쓰러진 히비야에게 "도와주겠다."라고 말할 수 있었겠지.

"뭐, 그렇게 된 거다. 능력이 손에 들어온 경위는 아직 완전히 파악하지 못한 상태라고 생각해줘. 단지 히비야가 지닌 능력을 어느 정도 다룰 수 있을 때까지 돌봐주려고 해. 그런 일은 익숙하니까."

키도는 얼어붙은 분위기를 살짝 깨뜨리면서 그렇게 말했

다.

"저 녀석과 함께 삼켜졌다는 아이가 어떻게 됐을지는 모르겠지만, 조금씩이라도 함께 행방을 찾아서—."

"아니, 잠깐 기다려."

키도는 이야기를 대충 마무리 지으려고 했지만, 이 이야기는 아직 끝나지 않았다.

마치 필연인 듯, 누군가에 의해서 다음으로 나아가는 길을 부여받은 것처럼, 앞으로 나아갈 길이 눈앞에 펼쳐진 것이다.

"넌 『그쪽에 있었을 때의 일은 기억하지 못한다.』라고 했지? 『다들 그렇다.』라는 말도 했고."

"어, 그래. 확실히 그렇게 말했지. 기억나는 건 눈을 뜬 이후부터야."

키도는 도대체 무슨 말을 하는 건지 짐작 가지 않는다는 모습으로, 약간 겁을 먹은 듯이 대답했다.

"아니, 생각났거든. 히비야가 조금 전에 코노하를 향해서 『당신은 계속 보고 있었을 뿐이다.』라고 말했어. 어쩌면 저 녀석은……."

키도는 거기까지 듣고 나서 내 말의 진의를 파악했는지 눈을 크게 떴다.

"기억하고 있는 게 아닐까? 그 삼켜진 저편이라는 곳을."

키도는 내 이야기가 끝나자마자 벌떡 일어나서 어딘가로 가려고 했다.

"어, 어이 어디 가려고?! 저 녀석은 지금 자고 있잖아?!"

키도는 내 목소리를 듣고 퍼뜩 깨달은 듯 소파에 다시 앉았다.

키도는 충동적으로 움직인 것이 부끄러웠는지 얼굴을 붉히며 눈을 내리깔았다.

진지하게 이야기 할 때와 분위기가 너무 달라서 '아— 이 녀석도 여자애였지.' 하고, 입 밖으로 꺼내면 카노처럼 세차게 내던져질 것 같은 대사가 머리를 스쳤다.

"뭐, 그럴 만도 하지……. 나도 벌써 몇 년이나 아빠를 못 만났으니까, 혹시 만나게 되면……."

만나면 어떻게 할 건데?

무슨 말을 할 수 있는데?

몇 년이나 틀어박혀서 썩어버린 아들을 보고, 아빠는 어떻게 생각할까.

"신타로?"

"응? 아— 미안, 미안. ……뭐, 일단 내일 계속해서 이야기

할까? 카노도 돌아오지 않을 모양이니까."

아지트에는 벽에 걸린 뻐꾸기시계와 디지털시계 등이 여기저기 놓여 있었다. 자그마한 테이블 위에 놓인, 잘 알 수 없는 액체 같은 것이 똑똑 떨어지는 기계도 어쩌면 시계일지도 모른다. 그런 시계들은 한 치의 오차도 없이 각자만의 방식으로 오후 열 시 반을 가리키고 있었다.

"음, 그렇군. 그 녀석은 뭘 하고 있는 건지……. 그나저나 오늘은 정말 지쳤어. 이렇게나 많은 사람을 이곳으로 데려온 것도 처음이니까 말이지."

키도는 현관 쪽을 바라보면서 어휴 하고 한숨을 쉬듯이 말했지만, 감출 수 없는 기쁨 같은 것이 말에서 묻어나왔다.

"『단장』이라는 건 꽤 피곤한 일인가 보구나."

내가 그렇게 말하자, 키도는 그 말이 의외로 부끄러웠는지 조금 전보다도 뚜렷하게 얼굴을 붉혔다.

"시, 시끄러워! 일일이 딴죽 걸지 마! 이, 이제 잘 거야! 알았나?!"

키도는 그렇게 말하더니 아까 흐트러진 모습을 보이고 부끄러워했던 것은 기억이 안 나는지, 조금 전보다도 힘차게 벌떡! 일어나서 자신의 방으로 걸어갔다.

나는 그 모습을 멍하니 지켜보고 있었다. 그러자 키도는 발을 딱 멈추고 뒤돌아보더니 "이불은 저쪽에 꺼내놓았으니까 코노하랑 같이 덮어." 하고 현관 옆에 쌓인 이불을 가리킨 뒤, 쾅 하고 문을 닫으며 방 안으로 들어가 버렸다.

"뭐지, 저 녀석은……."

아무리 점잖은 척해도 여자애라는 걸까. 그렇다면 내가 도저히 파악할 수 없는 생물이다. 깊이 생각하지 말자.

문득 생각하는 것을 멈추자, 나도 상당히 한계에 다다랐는지 몸이 갑자기 나른해졌다.

"하아…… 진짜 피곤하다……."

삐걱거리는 소리를 내며 소파에서 일어나자, 아니나 다를까 몸이 천근만근이었다.

어떻게든 이불이 있는 곳까지 가서 위에 있는 이불 두 장을 적당히 들고 다시 소파가 있는 곳으로 돌아왔다.

바닥에 뒹굴며 죽은 듯이 자고 있는 코노하에게 이불을 덮어주었을 때, 그러고 보니 방의 불을 끄는 방법을 물어보지 않았다는 사실을 깨달았다.

"으음…… 스위치가 어디 있지. 스위치—."

방을 빙글 둘러봤지만 스위치 같은 것은 눈에 띄지 않았다.

아— 가장 귀찮은 패턴이다. 당장이라도 자고 싶은데 도대체 어떻게 하면 좋을까. 그렇다고 불을 켠 채로 자는 것도…….

그런 생각을 하면서 방 안을 우왕좌왕하고 있으니, 등 뒤에 누군가의 기척이 느껴졌다.

놀라서 뒤를 돌아보니 그곳에는 복슬복슬한 하얀색 머리카락을 지닌 마리가, 하얀색의 푹신푹신한 잠옷을 입고 마치 수상한 사람을 보는 듯한 눈으로 나를 바라보고 있었다.

"……신타로, 뭐 하는 거야?"

『설명하도록 하지! 신타로는 어리고 귀여운 소녀가 가만히 응시하면 식은땀을 엄청나게 흘릴 수 있다!』 하고 머릿속에서 뜨거운 내레이션이 울려 퍼졌다. 딱히 나쁜 짓을 한 것도 아닌데, 정말 내레이션 그대로 식은땀을 흘리면서 어떻게든 미소를 지으며 대응했다.

"오, 오오! 마리! 아니— 불을 좀 끄고 싶은데 스위치가 어디 있는지 몰라서 말이지!"

이유를 설명하자, 마리는 쓱 하고 평소의 표정으로 돌아가서 벽에 걸려 있는 다트 판을 가리켰다.

"스위치는 저기에 있어. 저 한가운데를 누르면 돼."

가슴을 쓸어내리며 마리가 말한 대로 다트 판의 중심을 누르자, 딸깍 하는 소리와 함께 모든 알전구의 불이 꺼졌다.

"히, 히이이익! 갑자기 끄면 어떡해!"

그 순간 마리가 외친 소리에 심장이 뛰어올라서, 허둥지둥 한 번 더 스위치를 눌렀다. 불을 켜자 마리의 표정은 다시 조금 전처럼 수상쩍어하는 표정으로 돌아와 있었다. 게

다가 마리는 눈꼬리에 눈물까지 매달고 있었다.

"……왜 그런 짓을 하는 거야?"

"아, 아니! 시험 삼아 껐을 뿐이잖아?! 으아아아…… 미안해. 내가 잘못했어!"

아— 이 얼마나 성가신가. 빨리 자고 싶은데 어째서 이렇게 귀찮은 일이 생기는 걸까.

"알았어……."

마리는 그렇게 말하고 빙글 몸을 돌린 뒤 방으로 돌아갔다.

마리는 왜 자다 깼을까. 물어볼까 생각했지만, 그대로 돌아가 준다면 괜히 자극하지 않는 편이 좋겠지.

"자, 잘 자……."

나는 손을 흔들흔들 흔들고, 마리가 방으로 들어가는 모습을 끝까지 지켜본 뒤에 불을 껐다.

하아 하고 한숨을 쉬고 소파가 있는 곳을 어림잡아서 걸어갔다.

소파에 누워 이불을 덮고 평소 습관대로 핸드폰을 보니, 에네는 여전히 이불 속에 들어가 있는 모양이었다.

"귀찮은 녀석……."

소리 내서 그렇게 말했지만, 이불 속에서는 아무 반응이 없었다.

그대로 핸드폰을 테이블 위에 놓고 눈을 감았다.

어두운 방 안에는 에어컨이 낮게 신음하는 듯한 소리만이 울리고 있었다.

돌이켜 생각해보면, 겨우 하루가 지났다는 사실이 도무지 믿어지지 않을 정도로 정말 많은 일이 있었다.

메카쿠시단 녀석들은 오늘 아침에 처음 만났고……. 아니, 엄밀하게 말하면 어제 백화점에서 만난 모양이다. 녀석들은 이렇게도 짧은 시간 안에 친숙해질 정도로 친절했다. 생각해보면 이런 일은 처음일지도 몰랐다.

친구네 집에 초대받아서 밥을 먹고 자신에게 일어났던 여러 가지 일들을 이야기하면서 내일 일정을 정한다.

이것만 들으면 친구들과 보내는 대단할 것 없는 평범한 일상 같다.

조금 황당하긴 하지만, 내가 이런 기회를 만날 것이라고는 생각지도 못했다.

……정말로 괜찮을까. 정말로.

만나면 만날수록, 웃으면 웃을수록, 점점 희미해지는 기분이 들었다.

하지만 지금 잠깐만이라도, 이 여름 동안만이라도, 이 녀석들과 만난 의미를 음미해도 괜찮을까.

어둠 속에서 내가 아닌, 있을 리도 없는 명확한 누군가를 향해서, 그렇게 물어보았다.

“저기 신타로.”

“……무슨 일인데.”

“친구가 잔뜩 생기다니 잘됐다. 모두와 함께 있을 수 있어서 즐거워?”

“그럴 리 없잖아. 그런 식으로 생각한 적 없어.”

“거짓말. 그도 그럴 게 오늘 신타로는 굉장히 즐거워 보였는걸. 그렇게 즐거운 듯이 웃는 신타로는 처음 봤어.”

“그런 거 아니라니까. 여기저기 끌려다녔을 뿐이야. 이쪽은 완전 녹초가 됐다고.”

“저기, 신타로. 나 기억해?”

“무슨 소릴 하는 거야. 당연하잖아?”

“그럼, 내 이름을 불러줘.”

“어…… 뭐야 갑자기. 무슨 일이야.”

“저기, 신타로. 이름을 불러줄래?”

“그, 그만둬……. 정말 그만두라니까…….”

“역시…… 안 돼? 내가 누구인지 기억 안 나?”

“이제…… 그만둬. 부탁할게. 부탁할 테니까…….”

“저기, 신타로.”

"우와아앗—!"

"우와아아아아?!"

나는 소리 지르며 벌떡 일어났다. 전신은 땀투성이였고, 머릿속은 흐물흐물하게 뭔가가 뒤섞인 듯이 몽롱해져서 제대로 돌아가지 않았다.

주위는 아주 캄캄했다. 방 안에는 낮게 신음하는 듯한 에어컨 소리만이 울리고 있었다.

여기가 메카쿠시단의 아지트이고 나는 소파 위에서 자고 있었다는 사실을 깨닫기까지 한동안 시간이 걸렸다.

"까아아암짝 놀랐어! 무슨 일이야?!"

갑자기 시야가 밝아져서 조금 전까지 보고 있었던 아지트의 풍경이 변함없이 모습을 드러냈다.

뒤돌아보니 다트 판 모양의 스위치에 손을 대고, 걱정스럽게 나를 바라보는 모모의 모습이 보였다.

"아— 너냐. 아니, 괜찮아. 꿈을 좀 꿔서."

"무, 무슨 꿈이길래……. 엄청난 얼굴인데?"

모모는 주뼛주뼛 달려와서 내 얼굴을 뚫어지게 쳐다보았다.

"아무것도 아니라니까. 그보다 넌 어떻게 된 거야? 자고 있었잖아."

"어? 아니— 눈이 좀 떠져서……. 깬 김에 그 아이의 상태라도 볼까 하고~."

모모는 깨워서 미안한 듯한 태도로 "하하하." 하고 웃었다.

"……그렇구나. 딱히 너 때문에 깬 건 아니니까 안심해."

"음~. 하지만 오라버닌 어제오늘 잔뜩 움직였으니까, 역시 지친 걸 거야. 푹 쉬어."

"그럴게……. 아— 그러고 보니—."

나는 그렇게 말하고 소파에서 일어나서 쭈그리고 앉은 모모를 내려다보는 형태로 얼굴을 마주 했다.

"뭐, 뭔데……? 오빠, 무슨 일이야……?"

"너, 왜 이런 짓을 하는 거야?"

모모는 내 질문을 듣고 초조함과 놀람이 뒤섞인 표정을 지었다.

"어, 어어…… 무슨 말인지 잘 모르겠는데……."

똑바로 바라보는 나와 대조적으로, 모모는 견딜 수 없는지 시선을 바닥으로 떨궜다.

"모모는 한 번 잠들면 아무리 깨워도 일어나질 않아. 그래서 옛날부터 고생했지. 게다가 모모는 아까 히비야와 엄청 싸웠어. 한밤중에 걱정돼서 살펴볼 거라고 생각할 수 없어. 그리고……."

내가 거기까지 말했을 때, 모모는 이미 아무 말도 하지 않았다. 바닥을 보고 있기 때문인지 어떤 표정을 짓고 있는

지도 파악할 수 없었다.

"모모는 나를 『오빠』라고 불러. 카노."

한순간 대기가 일렁이고, 다음 순간 카노가 슥 하고 일어났다. 카노는 낮과 마찬가지로 사람을 깔보는 듯한 미소로 나를 바라보고 있었다.

"……우와~ 역시 신타로는 재밌구나—. 최고야."

"칭찬 고마워. 그럼 이야기해주실까. 왜 일부러 이런 한밤중에 모모인 척한 거야?"

카노는 한 발도 물러서지 않는 내 태도를 보면서도 여전히 기분 나쁜 미소를 짓고 있었다.

"하하. 꽤나 미움 받았네—. 뭐 어쩔 수 없나. 매우 소중한 여동생 흉내를 냈으니까……. 그치?"

카노는 윙크를 하고 깔보는 듯한 태도를 취했다.

그런 태도는 에네가 항상 나를 바보 취급하는 느낌이 아니라, 사람이 가장 건드리고 싶어 하지 않는 부분을 노골적으로 이리저리 들쑤시는 것처럼 추악하기 그지없었다.

"딱히 그 때문은 아니야. 너는 왜 자신의 집에서 다른 사람 흉내를 내는 거야? 그 이유를 들려달라고 한 거야."

"음~ 물론 나름대로 이유가 있어서 이런 행동을 하는 거긴 해. 하지만 그 이유를 말하면 어떻게 되는데? 그것을 알고 신타로는 어떻게 나올까—."

카노는 빙글 몸을 돌려서 나에게 등을 돌린 채 양손을 펼쳤다.

"그도 그럴 게 이상하잖아. 이럴 때만 기운이 넘치다니 말이야. 정작 중요한 것은 잊어버린 게 아닐까~. 그런 생각이 드는데?"

카노는 등을 돌린 상태라 어떤 표정을 짓고 있는지 알 수가 없었다.

하지만 그와 반대로 마치 마음을 꿰뚫어 본 것 같은 말에 가슴이 꽉 죄어왔다.

"……도대체 무슨 말을 하고 싶은 거야."

"응~? 아니 아니, 말 그대로야. 신타로는 왠지~ 중요한 것을 바로 잊어버릴 것만 같은 얼굴이니까."

문득 카노의 머리 위에 알전구가 깜박깜박 점멸하기 시작했다.

전구들은 눈을 깜박일 때마다 카노의 뒷모습을 스트로보라이트[#5]처럼 점멸시켰다.

"네 녀석이 뭘 안다는 거야……!"

"아~ 정곡을 찔렀어? 싫다—. 화낼 것까지야. 역시 신타

#5 스트로보라이트 사진 촬영에서 사용하는 빛이 강렬한 조명 기구.

로는 잊어버렸구나?"

카노의 태도에 분노가 극에 달했다.

"전부 다 기억하고 있어!"

그렇게 말하며 카노를 붙잡고 억지로 나를 돌아보게 만들었을 때, 한순간 전구가 크게 깜박였다.

다음 순간 크게 뛰던 심장이 꽉 잡혀 으스러졌다.

"그럼, 왜 나를 구해주지 않는 거야?"

어깨까지 내려오는 검은 머리카락에 불타오를 듯한 붉은 머플러.

잘못 볼 리 없는 아야노가 미소를 지으며 그곳에 있었다.

"아, 아……."

다리가 부들부들 떨리기 시작하고 당장이라도 쓰러질 것만 같았다.

머리는 이미 현재 상황을 파악하는 것을 포기하고, 입에서는 말이 되지 않는 소리가 흘러나왔다.

"저기. 신타로, 대답해줘. 아니면 나에 대해 벌써 잊어버린 거야?"

아야노는 무기질적인 미소를 지으며 나에게 얼굴을 바싹

들이댔다. 아야노가 빛이 없는 모조품 같은 두 눈으로 나를 바라봐서, 나는 이미 숨도 마음대로 쉴 수 없었다.

"그, 그렇지 않…… 나는……."

여태까지 몇 년 동안이나 계속 끊임없이 생각했던 것이 단숨에 넘쳐 나오려고 했지만, 그것을 말로 표현할 수 없어서 결국 무엇 하나 전할 수가 없었다.

아야노는 기다려주지 않았다. 나는 그날처럼 아무것도 전하지 못했다.

"이제 됐어. 안녕, 신타로. 행복하길."

다음 순간 방 안의 불이 일제히 꺼졌다. 한순간 캄캄해진 다음, 다시 밝아진 눈앞에 아야노의 모습은 홀연히 사라지고 없었다.

다리에 힘이 풀려서 털썩하고 무릎이 바닥에 떨어졌다.

떨리는 양손을 바닥에 짚으며 몸을 지탱했지만, 뭔가 둑이 무너진 것처럼 흘러나온 눈물이 뚝뚝 떨어졌다.

폭발하듯이 억눌렀던 감정이 차례차례 넘쳐 나와서 꼼짝도 할 수 없었다.

……이것은 벌인 걸까. 그 녀석의 말에 귀 기울이지 않고, 그 녀석에게 손을 내밀지 못했던 나에 대한 벌일까.

"미안…… 미안해……."

이제야 나온 말은 방 안에 작게 울려서, 갈 곳을 잃고 조용히 사라졌다.

아지랑이 데이즈 03

매미의 울음소리가 서서히 울려 퍼졌다.

이런 도시에도 매미가 있구나 싶어서 가로수 하나를 바라봤지만, 매미의 모습을 찾을 수는 없었다.

매미의 수명은 일주일도 안 된다고 자주 말하곤 하지만, 유충 시기 동안 몇 년이고 몇 년이고 계속해서 땅속에 숨어 있기 때문에 실제 수명은 상당히 길다고 한다.

그렇다면 지금 이 울음소리는 몇 년이나 땅속에서 모아둔 힘을 있는 힘껏 방출하고 있다는 것일까.

나는 지금 몇 년이나 땅속에 숨어 계속해서 힘을 모았지만, 막상 밖으로 나오자마자 밟혀 죽은 것 같은 느낌이었다. 그런 내 눈에는 매미의 모습이 아름답게 보였다. 그리고 그런 매미가 순수하게 부러웠다.

"자, 도착했어."

히요리가 슈퍼 봉지를 걸친 팔로 가리킨 약간 낮은 돌담 너머에, 우리의 목적지인 묘지가 펼쳐져 있었다.

"그런데 너 굉장한 얼굴을 하고 있는데 괜찮니?"

"어? 그래?"

"응. 우선 다크서클도 심하고, 왠지 야윈 것 같아."

히요리가 수척해진 내 모습을 지적했지만, 가장 큰 원인은 질문을 한 당사자 때문이다. 하지만 히요리의 모습을 보건대, 본인은 전혀 눈치채지 못했겠지.

어쨌든 어제 있었던 일련의 사건에 대한 나의 스트레스는 이 몸으로 받아들이기에는 너무나도 컸다.

우선, 히요리는 집에 도착한 뒤에 코노하에게 홀딱 빠졌다. 그리고 예전보다도 더 나에 대한 흥미가 사라져서, 나는 완전히 훼방꾼 취급을 받았다.

원래 어제는 핸드폰을 고르러 가기로 약속했었다. 하지만 히요리는 "귀찮아."라고 말하며 가기 싫어했다. 그런 소리를 들으면서도 필사적으로 간절히 부탁한 끝에, 어떻게든 히요리와 함께 백화점으로 갈 수 있었다. 그러나 그 백화점이 어떤 사건의 영향으로 영업하지 않는다는 최고로 불행한 사태에 직면하는 바람에 부득이하게 철수할 수밖에 없었던 것이다.

다른 핸드폰 매장으로 갈 수 있다면 이야기는 빠르지만, 원래 아이들은 보호자가 없으면 핸드폰을 계약할 수 없는 모양이었다.

따라서 「그 백화점의 높으신 분이 히요리의 아버지와 친하다」는 점을 이용해서 예외적으로 핸드폰을 손에 넣으려던 이번 작전은 보기 좋게 수포로 돌아갔다.

"그럼, 핸드폰 입수는 뒤로 미뤄야겠네."

히요리가 바로 그 자리에서 딱 잘라 결론짓는 바람에, 어제는 줄곧 그 집에서 보고 싶지도 않은 히요리와 코노하의 시시덕거리는 모습을 보느라 곤욕을 치러야 했다.

하지만 어째서 저런 녀석과 함께 생활해야만 하는 거지.

애초에 히요리의 형부는 현재 다른 집에서 지내고 있기 때문에, 그 집은 둘이서 자유롭게 사용해도 좋다고 했었다…….

그 형부라는 사람도 어지간히 적당한 사람이다. 코노하의 "예전부터 여기서 살고 있었다." "선생님에게 신세를 지고 있다."라는 이야기로 살펴보건대, 코노하는 아마 이 집의 하숙생, 뭐 그런 거겠지.

미리 자신의 학생이 그 집에서 살고 있다고 설명해줬으면 좋았을 텐데.

아니, 히요리는 설명을 들었지만 나에게 이야기하지 않았을 가능성도 있다.

어느 쪽이든 단둘이서 도시 생활을 만끽하는 계획은 깔끔하게 날아가 버렸다.

나는 아니나 다를까 저녁 식사도 제대로 넘기지 못하고, 활활 불타오르는 질투심 때문에 밤에도 좀처럼 잠들지 못했다. 그 때문에 현재 내 얼굴은 히요리가 지적한 모습 그대로였다.

“저기, 히요리. 어째서 갑자기 성묘를 하러 온 거야? 오늘은 쇼핑하러 간다고 의욕이 넘쳤던 것 같은데…….”

“음~ 어쩐지 오고 싶어졌다고 할까……. 어제 언니의 방에 들어갔을 때 ‘아, 성묘를 가야겠다.’ 하는 생각이 들었어.”

이곳에 온 지 오늘로 이틀이 지났다.

예전에 히요리가 “이 날은 쇼핑하러 나갈 테니까 따라와.” 라고 말했던 날이었지만, 그런 히요리는 오늘 아침에 느닷없이 “쇼핑은 역시 관둘래. 성묘하러 갈 거야.”라고 말을 꺼냈다.

눈엣가시였던 코노하는 일어날 기척이 전혀 없어서 함께 오지 않았다. 히요리는 “같이 오고 싶었는데.” 하고 슬퍼했지만, 정말 잘 된 일이다.

그러고 보니 코노하는 어제 “집을 비우면 절대 안 된다고 들었으니까.”라는 참으로 어린애 같은 이유로 백화점에도 따라오지 않았다. 그렇다면 만약 일어났더라도 어차피 같이 올 수는 없었겠지.

"그렇구나…… 그러고 보니 오봉이지."

집에서 그리 멀지 않은 이 묘지 안에는 이곳저곳에서 성묘객들의 모습이 보였다. 하지만 묘지 규모에 비해 사람들이 적어서 북적이지는 않았다.

"그것도 있고. 오늘이 언니의 기일이거든. 가족들은 내게는 그다지 언니 이야기를 꺼내지 않지만. 뭐 당연할지도 모르지. 언니는 아마 내가 태어난 것도 모를 테니까."

히요리의 언니는 젊었을 때부터 파격적이었던 모양이다. 어느 날 갑자기 "바깥 세계로 나갈래."라고 말하고 집을 뛰쳐나갔다고 한다.

그 이래 연락도 두절되어서, 히요리는 언니가 관 속에 들어가고서야 처음으로 언니를 볼 수 있었다고 했다.

"장례식 때 형부는 정말 미안해했어. 왠지 그때 일이 굉장히 인상에 남아서 말이지."

늘어선 묘비에 새겨진 문자를 하나하나 확인하면서, 우리는 좁은 길을 천천히 나아갔다.

아직 올린 지 얼마 안 된 제수(祭需) 안에는 꽃과 일본식 과자 외에도 자동차 모양의 장난감 같은 것이 놓여 있었다. 나는 아무래도 그 모습을 똑바로 볼 수 없어서 눈을 내리깔아 버렸다.

"아버지와 어머니에게 계속 고개를 숙였지만, 부모님은 한 마디도 들어주지 않았어. 지독한 이야기지. 멋대로 뛰쳐나간 딸과 쭉 함께 살았다는데 말이야. 왠지 '어른이란 몹시 귀찮구나.'라고 생각했지."

히요리는 평소처럼 무표정한 얼굴로 화를 내거나 슬퍼하지도 않고, 그저 담담하게 말했다.

그때의 히요리는 부모님이 고집불통으로 보였을지도 모른다.

하지만 히요리의 부모님은 어떻게 할 수도 없고 갈 곳도 없는 분노를 어디에도 풀지 못했겠지. 그렇게 생각하니, 나는 뭐라고 대꾸할 말이 없었다.

"아, 형부가 어제는 바빠서 돌아올 수 없었지만, 오늘은 오후에 사인을 가지고 돌아올 테니까 집에 있으래. 그러니까 성묘가 끝나면 서둘러서 돌아가야……. 어머?"

문득 히요리가 멈춰 섰다.

그 시선 끝에는 검은 반팔 파카를 입은 청년이 어떤 묘비를 향해서 합장하는 모습이 있었다.

"저거 언니의 무덤이야."

히요리는 그렇게 말하고 다시 걷기 시작했다.

허둥지둥 히요리를 따라가자, 청년은 우리의 기척을 눈치챘는지 휙 돌아보았다.

연갈색 머리에 커다란 눈이 인상적인 그 청년이 우리를 가만히 응시했다.

"거긴 우리 언니의 무덤이에요. 성묘하러 와주셔서 감사합니다."

히요리가 연갈색 머리의 청년에게 꾸벅 고개를 숙이자, 청년은 잠시 가만히 있다가 이윽고 깜짝 놀라서 히요리의 얼굴을 들여다보았다.

"어, 어! 어어?! 네 언니라고?!"

"네 맞아요. 저, 생전에 언니가 신세를 졌나요……?"

청년은 얼굴을 확 밝히더니 천진스레 웃으면서 떠들어댔다.

"우와아, 굉장해. 정말 닮았다! 어? 아니 아니, 나한테 신세를 지다니 당치도 않아. 오히려 내가 너희 언니에게 어어어어어엄청 신세를 졌지!"

청년은 천진난만한 미소를 생글생글 흩뿌리며 대강 이야기를 마치더니 "아……." 하고 뭔가 깨달은 듯한 표정을 지었다. 청년은 손을 입으로 가져가서 헛기침을 한 번 한 뒤, 등줄기를 폈다.

"응, 흐트러진 모습을 보여버렸네. 미안 미안. 으음, 너는 이 아이의 시중꾼이야?"

청년은 이번에는 나를 향해서 말을 걸었다.

"아, 네. 시중꾼이라고 해야 할지, 뭐 잡무 담당이라고 해야 할지……. 하하."

나는 말을 마친 뒤, 살짝 민망해져서 시선을 돌리고 멋쩍음을 감추기 위해 볼을 긁었다.

"잡무 담당이라……. 으음…… 힘들겠다."

예상치 못한 반응에 다시 청년의 얼굴을 보니, 청년은 조금 전에 말한 내 처지를 마치 자신의 일처럼 위로했다.

"그게 말이지! 아니, 나도 그 고생을 잘 알아~. 응. 나도 무서운 사람에게 매일 혹사당하거든. 매일 얻어맞고 발로 차이니까 말이지……."

청년은 아이고 소리를 내며 양손을 좌우로 펼쳐서 곤란한 듯한 몸짓을 했다.

"저, 정말 힘드시겠어요……. 우리 서로 힘내요……!"

"응응……. 힘차게 살아가자……."

우리는 그렇게 말하면서 손을 꽉 맞잡았다. 아무래도 나와 마음이 잘 맞는 사람 같았다.

히요리가 "뭐야 이건."이라고 말한 것 같지만 신경 쓰지 말도록 하자.

"자~ 그럼, 나도 슬슬 가봐야 하니까 이쯤에서 실례할게. 너희는 오늘 이 이후에 바쁘니?"

"네? 아니, 바쁘지는 않지만, 오후에는 집으로 돌아가야 해서……."

"그렇구나……."

히요리의 말을 듣고, 지금까지 계속 미소 짓고 있던 청년의 표정에 얼핏 그늘이 드리워진 것처럼 보였다.

하지만 다시 살펴보니, 청년은 조금 전과 다름없이 미소 짓고 있었다. '어제부터 너무 침울해져서, 드디어 다른 사람에게도 부정적인 감정을 전염시키는 능력을 손에 넣은 걸까.' 하고 걱정했지만, 아무래도 기분 탓이었던 모양이다.

그보다 그런 비생산적인 능력은 사양이다. 뭔가 초능력을 손에 넣는다면 단연코 몸을 투명하게 만들 수 있는 능력을 고를 것이다.

"모처럼 날씨도 좋으니까 좀 더 느긋하게 밖에서 놀면 좋을 텐데~. 아쉽다!"

청년은 그렇게 말하더니 머리 뒤로 깍지를 끼고, 입을 배쭉거렸다.

"아하하……. 그러게요. 잠깐 놀다 들어가는 것도 괜찮겠네요."

히요리도 쿡 하고 웃으면서 청년의 말에 대답했다.

"뭐, 몸조심하고! 나는 이만 가볼게. 그럼."

청년은 한 번 더 생긋 웃으며 우리에게 그렇게 말하고, 등을 돌린 뒤 어딘가로 총총 떠났다.

"히요리, 왠지 좋은 사람 같았지~?"

"응. 하지만 어쩐지 이상해……. 언니는 나이가 꽤 많았을 텐데, 저런 젊은 남자와 도대체 어떤 관계였을까……."

히요리는 진지한 표정으로 터무니없는 생각을 하기 시작했다. 아무리 그래도 당사자의 무덤 앞인데 너무하다.

"언니 꽤 하는구나!"

이번에는 그 묘비를 바라보며 야무지게 내뱉었다. 언니 입장에서 이 아이는 어떻게 보일까. 할 수만 있다면 물어보고 싶다.

히요리는 그런 말을 하면서도 사 온 과자를 묘비 앞에 늘어놓기 시작했다.

만난 적이 없다. 그렇다면 히요리는 언니가 좋아하는 음식도 모르겠지.

그렇다. 그곳에 히요리가 늘어놓은 음식은 히요리가 좋아하는 것뿐이었다.

자신이 맛있다고 생각하는 것을 다른 사람에게 준다는 행동. 나라면 알 수 있다. 그것은 히요리에게 있어서 최상급의 호의를 표현하는 것이겠지.

히요리는 가져온 음식을 거의 다 늘어놓고 묘비를 향해 합장하며 눈을 감았다.

나도 히요리를 따라 눈을 감았다.

이 사람은 어떤 사람이었을까. 조금 전의 청년은 히요리에게 "닮았다."라고 말했지만, 성격도 히요리만큼 과격했을까.

"언제까지 할 거야. 자."

히요리의 목소리에 퍼뜩 눈을 떴다.

"설마 언니에게 뭔가 이상한 것을 물어보려고 한 건 아니겠지?"

"그, 그렇지 않아! 아니, 그저 어떤 사람이었을까 궁금해서."

딱히 그런 생각은 하지 않았는데도 느닷없이 추궁 당하는 바람에 당황했다.

히요리는 수상하다는 듯한 표정에서 다시 무표정으로 돌아와서, 작은 소리로 "평범한 사람이었을 거야. 분명." 하고 중얼거렸다.

햇볕은 점점 더 강렬해져서, 착실하고 조용하게 그 위세를 떨치기 시작했다.

히요리가 말했던 약속 시간까지 이제 얼마 남지 않았겠지.

"그럼, 우리도 집으로 돌아갈까? 조금 전에 만난 형은『밖에서 놀면 좋을 텐데.』라고 말했지만……."

"음~ 날씨도 좋고 확실히 이대로 집으로 돌아가기엔 아까운데. 역시 잠시 쇼핑하고 들어갈까."

히요리는 그렇게 말하더니 "저쪽의 신발 가게를 둘러보고 싶은데……. 아니, 먼저 역 앞까지 가서 잡화 상점에……." 하고 중얼거리기 시작했다.

"어, 어어?! 시간 별로 없지 않아?! 우선 형부한테 인사하고 그 아이돌 사인도 받은 다음에 가는 게 좋지 않을까……."

"……아니, 역시 한 군데 정도는 들러야겠어. 따라와."

히요리는 그렇게 말하고 총총히 걷기 시작했다.

아— 이렇게 되면 이제 어쩔 수 없다. 히요리는 내가 무슨 말을 해도 발을 멈추지 않겠지. 오히려 따라오라고 말해 줘서 행복하다.

히요리는 묘지를 빠져나와서 도로로 나오더니 슥 하고 오른쪽으로 향했다.

한 가지 새로 알게 된 사실이지만, 히요리는 이상할 정도로 방향 감각이 좋았다. 어제도 그렇고 오늘도 마치 내내 이곳에 살았던 것처럼 목적지를 향해서 거침없이 나아갔다.

나라면 지도를 봐도 헤매지 않을까 싶은 복잡한 길도 척척 나아가는 히요리의 모습이 멋있었다.

아무 생각 없이, 아무것도 묻지도 않고 좌우간 히요리의 뒤를 15분 정도 따라갔다.

주변에 통행인이 점점 많아져서, 히요리의 목적지가 번화가 중심에 있다는 것만은 왠지 모르게 알 수 있었다.

어제도 느꼈지만, 역시 아무래도 도시의 분위기에는 익숙해질 것 같지 않았다.

다양한 광고 소리와 오고 가는 자동차 소리와 사람들의 웃음소리가 첩첩이 쌓여서, 거대한 불협화음을 만들어냈다. 머리가 그 많은 정보에 빙글빙글 어지러웠다.

게다가 너무 더웠다.

바로 얼마 전까지 도시 생활에 동경을 품고 있었다고 생각하니, 자신이 얼마나 무지했는지 통감할 수밖에 없었다.

이런 곳에서 생활하면 목숨이 아무리 많아도 부족할 것이다.

그뿐만이 아니라 이 여름 동안 이곳에서 살아남을 자신조차 없었다.

"아, 여기네. 너는 잠깐 여기서 기다려."

형형색색의 상점들이 늘어선 가운데, 히요리는 한 상점 앞에서 발을 멈췄다.

망설임 없이 가게 안으로 들어가는 모습을 보면, 아무래도 목표로 했던 가게에 도착한 모양이다.

"왠지 엄청 화려한 가게구나……."

지시받은 대로 가게 앞에서 히요리가 돌아오기를 기다리며 가게 외부를 바라봤다.

벽 전체는 선명하고 밝은 분홍색에, 쿠키와 사탕을 곁들인 장식으로 꾸며져 있었다. 간판에는 화려한 형광 노란색으로 가게 이름이 커다랗게 적혀 있었고, 조명 장식으로 둘러싸여서 밤이 되면 공격력이 더욱 올라갈 것 같았다.

딱 봐도 부담스러운 데다가 더위도 한몫해서 구역질이 올라왔다.

히요리가 돌아오면 음료수라도 마시자……. 여기서 건어물처럼 바싹 말라버리면 쿠키와 사탕과 함께 이 가게에 장식될 것 같다.

자동문이 안내 방송과 함께 열리고, 작은 봉투 두 개를 든 히요리가 나타났다.

"아, 어서 와. 사려던 건 다 구했어?"

내가 그렇게 묻자, 히요리는 히죽 웃으며 "응!" 하고 대답했다.

그 모습이 너무 귀여운 나머지 심장이 두근거리며 뛰어올랐다.

아— 잘했다. 정말 오길 잘했다. 히요리의 이런 모습을 본 것만으로도…….

"코노하 씨에게 줄 선물을 샀어!"

방금 한 말은 취소다. 오지 말걸.

또 그 녀석인가. 아니, 도대체 뭐냐 이건.

선물?! 어떻게 된 일이지?!

"어? 어떤 의미의 선물인데……?"

"응? 딱히 너랑은 관계없잖아."

히요리가 딱 잘라 말하자 다음 말이 나오질 않았다.

아무래도 이 도시에 머무는 기간은 정신적 고통에 대한

면역력을 키우는 훈련 기간인 모양이다.

"아, 그래도 자, 네 것도 샀어."

"아— 그래……. 어, 뭐?! 나한테?!"

"그렇다니까. 자."

히요리는 그렇게 말하고 손에 들고 있던 작은 봉투 하나를 쓱 내밀었다.

받아 든 순간, 지금까지 살아온 인생이 주마등처럼 스쳐 지나가서 무심코 눈시울이 뜨거워졌다.

"고, 고마워……."

"뭐, 뭘 우는 거야……. 기분 나빠……."

조금 전에는 앞에 했던 말을 취소해버렸지만, 역시 오길 잘했다. 설마 이렇게 기쁜 깜짝 선물이 있을 줄은 꿈에도 몰랐다.

"기뻐……. 고마워. 아, 열어봐도 돼?!"

"응? 그래."

연분홍색 물방울무늬가 들어간 작은 봉투는 무게로 봤을 때 열쇠고리 같은 걸까. 아니, 어쩌면 문구류일지도 모른다.

기대로 가슴이 부풀어 올라, 오늘 지었던 미소 중에서 가장 큰 미소가 떠올랐다. 작은 봉투를 열자 안에서 생선 썩은 내가 풍겨 나왔다.

"우왓 냄새!"

너무 깜짝 놀라는 바람에 숨김없이 큰 소리를 질렀다.

팬시상품 매장에서 나온 여자애가 건네준 작은 봉투에서 몹시 강렬한 생선 냄새가 나는 것이다. 당연히 놀랄 만하지.

누가 그런 걸 예상하겠는가.

봉투 안에 든 물건을 주저주저하며 손가락으로 들어 올렸다. 그 안에서 나온 것은 연어 토막에 사람의 다리가 뻗어 나온 것 같은 수수께끼의 몬스터 모양을 한 열쇠고리였다.

"어머? 뭐야. 맘에 들지 않는다는 거야?"

히요리는 당연하다는 듯이 무표정하게 고압적인 목소리로 말했다.

"아니, 으으으으음?! 마음에 들지 않는다기보다, 이게 뭐야?! 뭔데 이건?!"

과일 향기가 나는 열쇠고리라면 모를까, 눈 앞의 이건 그런 종류들 중 타겟 층을 노리는 물건일까. 아니, 이 상품은 완전한 실패작이었다.

"『홍연어 스트랩』이라는 거래. 너는 왠지 그런 걸 좋아할 것 같아서."

"아니, 이건 전혀 내 취향이 아닌데? 그보다 내가 그런 기색을 보인 적이 있었어?!"

"아니, 너는 왠지 이렇게 냄새나는 걸 좋아할 것 같아."

히요리는 그렇게 말하고 고압적인 시선으로 "훗." 하고 코웃음 쳤다. 아— 이건 완전히 일부러 괴롭히는 거다.

"으…… 으으…… 그래도 고마워."

하지만 선물을 받았다는 사실에 대한 기쁨이 더 커서, 그 이상 반론할 수 없었다.

히요리는 나의 그런 한심한 모습을 보고 다시 "훗." 하고 코웃음 쳤다.

"그, 그럼 이제 슬슬 돌아갈까……. 시간도 얼마 안 남았고."

"응, 그러네. 그럼 일단 이쪽 길에서……."

히요리는 이곳으로 왔을 때와 마찬가지로 힘차게 나아가려고 발을 내디뎠지만, 뭔가를 보고 딱 발을 멈췄다.

히요리의 발밑을 보니, 방약무인한 그녀의 발을 멈추게 한 범인은 의외로 한 마리의 검은 고양이였다.

어디에서 온 건지 갑자기 히요리의 발밑에 나타나서 슬슬 볼을 비비며 그르렁그르렁 목을 울렸다.

"우와! 히요리, 고양이야. 왠지 히요리가 마음에 들었나 보네."

털이 가지런한 검은 고양이는 히요리에게 얼추 어리광을 부리더니, 약간 거리를 두고 그대로 좁은 골목길 속으로 들어가 버렸다.

"아~ 가버렸네. 조금이라도 쓰다듬고 싶었는데~. 그치? 히요—."

"저 고양이 기르고 싶어……!"

히요리는 어제 코노하를 처음 만났을 때보다도 더욱 얼굴을 붉게 물들이며 거칠게 숨을 쉬었다.

"어, 지금 뭐라고……?"

"히비야, 쫓아가자!"

히요리는 그 말과 함께 검은 고양이를 쫓아서 골목길로 뛰어들었다.

딴죽을 걸고 싶은 것이 이것저것 머릿속에서 소용돌이쳤지만, 그보다도 히요리가 내 이름을 불렀다는 기쁨을 곱씹으며 그 뒤를 쫓았다.

건물의 뒷문 옆에 설치된 금속제 쓰레기통 옆을 힘차게 빠져나가서, 이끼가 핀 작은 계단을 뛰어올라가니 사람으로 붐비는 큰길이 나왔다.

"우와……. 히, 히요리, 이러면 아무래도 못 찾을 것 같은데……."

"아니, 조금 전에 꼬리가 살짝 보였어. 이쪽이야."

히요리는 그렇게 말하고 왼쪽으로 꺾어서 지면을 박차며 더 빠르게 뛰었다.

이런 인파 속을 저렇게 주눅 드는 일 없이 달리다니 대단하다.

히요리의 뒤를 쫓아서 달린 덕분에 사람과 부딪치는 일 없이 대로의 샛길을 거침없이 달려 나갔다.

“하아…… 하아…… 저기 있다! 이쪽!”

다시 빠르게 왼쪽으로 꺾은 히요리가 뛰어 들어간 곳은 놀이 기구가 있는 어린이 공원이었다.

잇따라 뛰어든 나도 조금 전에 봤던 검은 고양이가 연한 파란빛 그네 기둥의 그늘에 앉아 있는 것을 발견했다.

“따라잡았어!”

히요리는 기쁜 듯이 그렇게 말하더니, 검은 고양이에게 조금씩 다가갔다.

“후, 후후후……. 자 착하지, 착하지. 얌전히 내 손길을 받으렴…….”

거친 콧김을 내뿜으며 검은 고양이에게 조금씩 다가가는 히요리의 모습은, 내가 고양이였다면 있는 힘껏 도망칠 정도의 오라를 내뿜고 있었다.

하지만 검은 고양이는 도망치기는커녕 멈칫하지도 않고, 그저 가만히 히요리가 있는 방향을 바라볼 뿐이었다.

참 이상한 일도 다 있구나. 그렇게 생각했을 때, 어떤 사실을 깨닫고 등골이 써늘해졌다.

히요리를 응시하는 그 검은 고양이의 두 눈은 마치 핏덩 어리로 만들어진 듯 새빨간 빛으로 물들어 있었다.

히요리는 눈치채지 못한 걸까.

옆에서 보는 히요리는 그 기분 나쁜 모습에 빨려 들어가서 마치 그대로 뭔가에 씌는 게 아닐까 싶을 정도로 위태로워 보였다.

"히, 히요리! 잠깐 기다려! 그 고양이 어딘가 이상해!"

"어? 뭐라고?!"

무심코 튀어나온 목소리에 히요리가 놀라서 뒤돌아보자, 검은 고양이는 나를 한 번 언뜻 보았다. 그리고는 뭔가 말하고 싶은 듯 잠시 뜸을 들이더니, 다시 어딘가로 달려가 버렸다.

"앗~! 자, 잠깐! 도망가 버렸잖아!"

히요리는 다시 앞을 보고 검은 고양이가 도망쳤다는 사실을 깨닫고, 몹시 화가 난 모습으로 나에게 다가왔다.

"그, 그도 그럴 게 조금 전 고양이가 좀 이상했어. 그러니까 나는…… 걱정돼서……."

"쓸데없는 참견이야! 네가 나를 걱정하는 게 훨씬 더 민폐라고!"

히요리는 나를 째려보면서 그렇게 말했다. 하지만 그 정도로는 화가 가라앉지 않았는지 계속해서 마구 고함을 질렀다.

"애초에 못 미더운 네가 아니라 코노하 씨가 걱정해줬으면 좋겠어! 대체 어제부터 왜 그러는데? 우물쭈물하기나 하고. 바보니?!"

연이어 쏟아진 그 말들에 아무리 나라도 머리에 피가 쏠렸다.

애초에 이런 마음 자체가 제멋대로라는 건 알고 있지만, 이건 너무하잖아.

"바보라니…… 왜…… 몰라주는 거야?! 나도 좋아서 우물쭈물하는 게 아닌데……."

"헤에~. 난 틀림없이 좋아서 우물쭈물한다고만 생각했는데. 그럼 그 이유가 뭔데?!"

"그건……."

언제나 히요리가 노려보면 말이 나오지 않았다. 지금도 그랬다. 바로 말문이 막혔다.

아— 그러고 보니 이제껏 머릿속에 떠오른 것을 그대로 말로 한 적이 있었던가.

아니, 아마 없었을 것이다. 그런 말을 입 밖으로 꺼내면 어떻게 될까.

머리가 멍해지고 심장이 아팠다. 계속해서 이명이 울리는 것 같았다.

"뭐, 뭔데……."

"그건 내가…… 히요리를……."

"잠깐, 그만둬……."

"훨씬, 훨씬 전부터……!"

"그만두라고 했잖아!"

히요리가 외치는 소리에 겨우 퍼뜩 제정신이 들었다.

주뼛주뼛 히요리의 얼굴을 보니, 히요리는 지금 당장이라도 울 것만 같은 표정을 짓고 있었다.

히요리의 목소리에 대항하듯이, 지금까지 조용했던 매미가 성대하고 시끄럽게 울기 시작했다. 마치 책망하듯이 매미 울음소리가 사방팔방에서 나를 둘러쌌다.

너무나도 긴 그 침묵은, 내가 자신의 충동적인 행동을 후회하게 만들기에 충분하고도 남았다.

"최악."

겨우 들을 수 있었던 히요리의 목소리는 요 며칠 동안 들었던 어떤 욕설보다도 가슴에 깊이 박혔다.

"그, 그게……."

이미 아무 할 말이 없을 텐데도, 바보 같은 입이 멋대로 떠들어대려고 했다.

"이제 돌아갈 거야. 따라오지 마."

이제 히요리의 모습조차 볼 수가 없어서 고개를 숙이니,

지면에는 움직일 수 없게 된 매미의 시체가 위를 향해 누운 상태로 굴러다녔다.

이 녀석은 누군가에게 뭔가 전할 수 있었을까. 나는 뭔가를 전할 수 있었을까.

나도 모르게 뺨을 따라 흐른 눈물이 지면에 한 방울, 또 한 방울 검은 얼룩을 만들었다.

이제 뭐가 어떻게 되든 상관없어졌을 때, 멀어져가는 히요리의 발소리가 딱 하고 멈췄다.

"어, 언제부터 거기 있었어요……?"

느닷없이 들려오는 히요리의 목소리와 말투를 통해, 그 말이 누굴 향한 말인지 예상할 수 있었다. 분했지만 너무나 쉬운 일이었다.

고개를 들어 히요리가 있는 쪽을 바라보자, 예상대로 공원 입구 옆에 코노하가 예상 밖에도 땀투성이가 된 모습으로 서 있었다.

"어…… 조금 전부터 있었는데? 아니, 일어나 보니 두 사람 다 안 보이길래……. 그, 찾아야겠다 싶어서……."

코노하는 말 하나하나를 짜깁기하듯이 이어나갔다. 히요리는 떨리는 목소리로 코노하에게 물었다.

"……조금 전 이야기, 들었어요?"

코노하는 변함없이 무슨 생각을 하는지 알 수 없는 표정으로 분명하게 대답했다.

"어? 응. 들었는데."

그 말을 들은 순간, 히요리가 어딘가로 도망칠 것이라는 사실을 순식간에 예상할 수 있었다.

그 덕분에 내 다리는 히요리가 달리기 시작하기 전에 한 발 먼저 히요리를 향해 뛰어갈 수 있었다.

……어쩔 셈이었을까.

한 번 더 변명을 하고 싶었던 것일까.

히요리를 혼자 두고 싶지 않았던 것일까.

코노하보다도 먼저 히요리의 손을 잡아끌고 싶었던 것일까.

히요리는 내 예상대로 뛰기 시작했지만, 조금 전에 인파 속을 뛰어나갔을 때처럼 몸놀림이 가볍지는 않았다. 그저 이곳에서 도망치기 위해 서투르게 다리를 움직이고 있는 것처럼 보였다.

앞으로 몇 발자국만 다가가면 손을 잡을 수 있다.

하지만 그렇게 가까워졌을 때, 눈앞으로 다가온 광경에 깜짝 놀랐다.

공원을 뛰어나간 히요리가 나아가는 횡단보도 앞, 규칙적으로 늘어선 흰색 선의 종착점에 붉은 불이 들어왔다.
『그것』의 의미는 머리로 생각하지 않아도 한눈에 이해할 수 있을 정도로 명확한 『절망』이었다.

"히요리! 빨간 불이야!"

앞으로, 앞으로 한 발만 더 다가가면……. 아니, 이미 너무 늦었어.
내 마지막 걸음은 나 자신도 놀랄 정도로 망설임이 없었다.
이제껏 히요리를 향해서 이렇게도 힘차게 발을 내디딘 적이 있었을까.
히요리의 놀란 얼굴을 보니, 히요리는 이 앞에 어떤 일이 일어날지 상상할 수 없었겠지. 나도 아직 상상할 수 없으니까 마찬가지야.

엄청난 굉음과 함께 다가온 트럭 앞에서
나는 마지막의 마지막에 와서야 간절히 소망했던
히요리의 손을 잡을 수가 있었다.

달맞이 리사이틀

끝없이 펼쳐진 광대한 초원에 상쾌한 바람이 불었다.

몸이 가벼웠다. 마치 날개가 생긴 것처럼 가벼웠다.

가볍게 지면을 박찼을 뿐인데, 어디라도 날아갈 수 있을 것처럼 몸이 튀어 올랐다.

초원 속을 기분 좋게 통통 뛰어다니는데, 어느샌가 주변 여기저기에서 소 떼가 나타나기 시작했다.

무슨 모임이라도 있는 걸까. 스테이크 뷔페라도 시작하는 걸까.

개의치 않고 있는 힘껏 뛰어가는데, 갑자기 몸이 확 무거워져서 그대로 지면에 꽈당 하고 내동댕이쳐졌다.

"아야야! 어, 어째서 갑자기……."

엉덩이에 격심한 통증이 느껴졌다.

통증을 누그러뜨리기 위해 엉덩이를 문지르고 있으니, 어디선가 웃음소리가 들려왔다.

"아하하하! 아줌마, 뭐 하는 거야?"

뒤돌아보니 히비야가 배를 움켜쥐며 자지러지게 웃어대고 있었다.

"어, 어어어, 어째서 네가 여기에 있는 거야?!"

조금 전의 추태를 들켰다는 것 자체도 부끄러웠지만, 하필이면 이 아이에게 들키다니 운이 나빴다.

"어? 그렇게 커다란 소리로 떨어졌는걸. 누구라도 눈치채지."

얼굴이 점점 뜨거워졌다. 이런 어린애에게 바보 취급 당하다니, 엄청나게 분하다.

"아, 저기 말이야. 너는 모를 수도 있지만, 나는 이래 봬도 이아돌이라고! 아·이·돌!"

어떠냐 라고 말하는 듯한 포즈를 취하며 평소에는 한 적도 없는 자랑을 했다.

약간이라고 할지…… 무척 부끄러웠지만, 이렇게까지 하면 아무리 이 둔감한 소년이라도 내 매력을 알아보겠지.

"어? 아니, 무슨 말을 하는 거야? 아줌마는 소잖아."

"여, 여전히 그런 말을 하다니……!"

"아니, 그렇지만 봐봐."

히비야가 슥 하고 내민 손거울에 비친 것은…….

득의양양하게 아이돌 같은 포즈를 취하고 있는, 살이 잔뜩 오른 한 마리의 소였다.

기겁하며 얼굴을 만져보니, 거울 속의 소도 좌우 반전된 모습으로 나와 완전히 똑같이 움직이며 얼굴에 발굽을 대고 있었다.

"내 말이 맞지? 역시 소잖아. 아·줌·마."

"우와아아아아! 우와아아아아!"

나는 소리를 지르며 벌떡 일어났다.

전신은 땀투성이였고, 머릿속은 흐물흐물하게 뭔가가 뒤섞인 듯이 몽롱해져서 제대로 돌아가지 않았다.

주위는 어렴풋한 어둠에 덮여 있었다. 가늘고 긴 빛이 비쳐드는 걸 보면 커튼이 쳐져 있는 걸까.

나는 도대체 어떻게 된 걸까.

머릿속으로 천천히 상황을 정리해봤지만, 아무리 해도 어떻게 지금 이 상황에 이르게 된 것인지 떠올릴 수 없었다.

밑에서 느껴지는 이 푹신푹신한 감촉을 보면, 나는 아마 침대 위에 있는 것이겠지.

하지만 언제 뭘 어떻게 해서 침대로 들어왔을까? 내가 들어온 기억은 없는데…….

아무것도 보이지 않아서 일단 손으로 침대 위를 더듬거렸다. 그러다 찰싹하고 뭔가에 부딪친 감촉과 "윽……." 하는 뭔가가 괴로워하는 목소리가 들려왔다.

나는 깜짝 놀라서 "힉." 하고 작게 소리를 지른 뒤에야, 옆에서 자고 있는 사람이 키도 씨라는 사실을 깨달았다.

게다가 방금 내가 키도 씨를 힘껏 때려버렸다는 사실을 떠올리고 등줄기가 뻣뻣해졌다.

"어, 어째서 단장님이?! 그럼…… 여긴 혹시 단장님의 방인가?"

점차 기억이 뚜렷해졌다.

그렇다. 분명 병원에서 히비야를 아지트로 옮기고, 그 뒤에 세토 씨가 만든 밥을 먹고, 그런 다음에…….

"……나, 소파에서 잠들었지."

머릿속에서 쿵 하고 어두운 효과음이 울렸다.

옛날부터 오빠가 입에 침이 마르도록 "너의 잠꼬대와 잠자는 모습은 시집갈 때까지 절대로 다른 사람에게 보여주지 마."라고 말할 정도로, 내가 잠든 모습은 정말 가관이었다.

아니, 나도 처음에는 그런 이야기를 믿지 않고 "오빠는 내가 외박할까 봐 걱정돼서 그렇게 말하는 거지?"라고 말했다.

하지만 한 번 장난삼아 내가 자는 모습을 비디오로 찍어서 "아, 엉덩이에서 나오는 거군요."라거나 "내 개그를 들으면 배꼽이 빠질걸요~. 물론 농담이에요☆"라는 둥 할복자살하고 싶어지는 이상한 잠꼬대를 직접 본 뒤로, 나는 다른 사람 앞에서 잔 적이 없었다.

물론 그 비디오테이프는 불태웠다.

그런데 거실 한가운데에서, 게다가 여러 사람 앞에서 내가 잠든 모습을 보여줬다고 생각하면 토할 것만 같았다.

아니, 오빠에게 "내가 만약 다른 사람 앞에서 그런 추태를 부리면 죽여줘."라고 부탁해뒀으니까, 침대에서 자고 있었다는 것은 그런 사태는 벌어지지 않았다는 말이겠지.

앞으로는 정말로 조심해야지. 설마 먹고 나서 바로 잠들 줄은……. 먹고 나서…… 바로…….

『아줌마는 소잖아.』

문득 조금 전에 꾼 꿈을 떠올리고 퍽! 하고 주먹을 이불에 내질렀다.

거기에 반응하듯이 키도 씨가 "으으……." 하고 신음 소리를 흘렸다.

"아, 아차……. 그나저나 따지고 보면 그 애 때문이잖아. 정말 요즘 애들은 건방지다니까……."

나는 거기까지 말한 뒤에 바로 죄악감에 사로잡혀서 입을 다물었다.

그렇다. 어제 히비야는 병원 앞에서 쓰러져서, 키도 씨가 이 아지트로 옮겼다.

그때 히비야의 서슬 퍼런 모습은 「건방진 어린애」라는 말로 단정 지을 수 있는 것이 아니었다.

자신은 그런 식으로 사람을 노려본 적이 없었기에, 그 아이의 가슴속에 어떤 감정이 쌓여 있는지 상상할 수도 없었다.

"그 아이, 도대체 무슨 일이 있었던 걸까. 그건 그렇고…….”

놀란 것은 그 「눈」이다.

그때 붉게 물들기 시작한 그 눈은 역시 나와 키도 씨 일행과 마찬가지로 어떤 「능력」이 나타날 징조 같은 것이겠지.

메카쿠시단 사람들과 만나서 자신 이외에 능력을 지닌 사람을 알게 됐지만, 그런 식으로 능력이 발현하는 순간을 본 것은 처음이었다.

"이 눈은 뭐가 원인일까. 어떤 병 같은 것도 아닌 모양이고……."

멀리 한 점을 주시하듯이 천천히 눈에 힘을 집중하자, 눈 주위가 조금씩 뜨거워지는 느낌이 들었다.

"지긋지긋한 능력이라고 생각했지만, 이 능력이 없었다면 메카쿠시단 멤버들과도 만날 수 없었겠지. 조금이라도 능력을 제어할 수 있게 된 건, 이 능력을 살짝 좋아하게 되었기 때문일까—."

하지만 여전히 키도 씨와 카노 씨처럼 능력을 자유자재로 멋지게 구사하지는 못했다.

수행을 해야 할까……. 그러고 보니 결국 이런저런 일들 때문에, 사용법은 얼마 못 배웠네.

하지만 그렇게 생각해보니, 아직 어떤 능력을 지녔는지 모르겠지만 역시 히비야 군도 앞으로 잔뜩 고생하게 될까…….

"……아니, 그래도 일단 저쪽에서 먼저 사과할 때까지 용서하지 말자."

그렇다. 순진한 소녀에게 마구 소라느니 아줌마라느니 욕을 퍼부은 죄는 바다보다 깊다.

사정이 어떻든지 간에, 확실하게 사과하고 자신이 내뱉은 말을 정정하지 않는 한 용서할 수 없다.

"그럼, 슬슬 일어날까~. 그나저나 지금 몇 시지?"

파카 주머니에서 핸드폰을 꺼내고 시간을 확인하니, 마침 오전 일곱 시가 되려는 참이었다.

"오! 좋아, 좋아. 역시 이쯤 일어나면 기분이 좋다니까. 다른 사람들이 일어나기 전에 샤워부터 하자."

침대 벽 쪽의 이불을 걷고, 이불 속에서 빠져나왔다.

키도 씨를 넘어서 바닥으로 내려온 다음에, 혹시나 키도 씨가 깨지는 않았을까 싶어서 자는 얼굴을 확인했다.

"……음~ 역시 이 사람은 미인이구나—."

평범한 여자아이용 잠옷을 입고 색색 숨소리를 내며 잠든 키도 씨의 얼굴은, 여자애가 보기에도 질투가 날 정도의 미모였다.

"이 얼굴에 그런 말투를 사용해서 더욱 매력적인 걸까."

항상 냉정하지만 가끔씩 쑥스러워한다. 예전에 그런 말을 들었던 것 같은데 뭐였더라.

아니, 떠오르지 않을 때는 내가 들었다고 착각했을 뿐이다! 이렇게 생각하는 편이 가장 좋다.

그런 것보다도 얼른 샤워부터 하자.

커튼을 열 수도 없어서, 일단 어둑어둑한 방을 손으로 더듬으면서 나아가기로 했다.

도중에 테이블 같은 것에 한 번 쾅 하고 허리를 부딪쳐서 "아야!" 하고 목소리가 새어 나왔지만, 아무래도 키도 씨를 깨우지는 않은 것 같았다.

이 사람…… 단장이면서도 좀처럼 일어나지 않는구나…….

간신히 도달한 문을 열자, 거실은 상당히 밝아서 이제야 겨우 아침을 맞이한 기분이 들었다.

주변이 밝으니 기분도 고조되어서, 들뜬 마음으로 욕실로 향했다.

문득 바닥을 보자 소파 바로 아래에서는 코노하 씨가, 반대편 소파에서는 오빠가 핸드폰을 쥔 채 정신없이 자고 있었다.

"후후…… 오빠도 오랜만에 외출했으니까 피곤하겠지—."

오빠도 메카쿠시단 멤버들과 꽤 친해진 것 같아서, 나는 오빠가 사회로 복귀하는 데 큰 공헌을 한 듯한 기분이 들었다.

오빠가 확실하게 사회로 복귀하게 되면, 귀여운 집을 지어 달라고 해야지. 그래, 그렇게 하자.

거실을 빠져나와 탈의실과 욕실의 불을 켜고 맨 아래에 있는 선반을 열었다. 그곳에서 집에서 가져온 옷 한 벌을 꺼낸 뒤, 세면대 옆의 빈 공간에 놓았다.

수건을 꺼내고 문을 잠근 뒤에 옷을 벗었다. 드디어 욕실 안으로 들어가려 했을 때 탈의실 문이 "쾅쾅!" 하고 난폭하게 울렸다.

"꺄아—!"

허둥지둥 수건을 몸에 두르고, 만일을 생각해서 문에서 떨어졌다.

"죄, 죄송해요! 모모에요! 지금 샤워하고 있어요!"

하지만 그런 내 말에 대답도 없이, 문은 계속해서 "쾅쾅!" 하고 울릴 뿐이었다.

뭔가 분위기가 이상했다.

이 아지트의 사람이라면 내가 들어와 있는 곳에서 일부러 이런 짓을 할 리가 없다. 그렇다면 설마…….

"가, 강도……?"

방금 내가 한 혼잣말이 들렸는지, 문을 "쾅!" 하고 두들기는 소리가 들렸다.

나는 놀라고 무서워서 털썩 주저앉았다.

"우, 우와아……. 죄, 죄송해요! 아니! 이게 아니라, 그러니까 이 안에 대단한 사람은 없어요! 아니, 정말이에요! 그, 그렇지, 저는 어제도 『소』라고 바보 취급당할 정도라……. 이야~ 저는 정말이지 형편없는 녀석이니까요…… 아, 하하하하……."

털썩 주저앉아서 마치 염불을 외듯이 살려달라고 애원하고 있으니, 문 너머로 익숙한 목소리가 들렸다.

"아줌마? ……그나저나 알긴 아는구나?"

그 순간, 나는 무심코 있는 힘껏 "탕!" 하고 문을 세게 쳤다.

문 너머에서는 "우와아아!" 하고 놀란 목소리가 울렸다.

"……너, 지금 무슨 짓을 하는 거야?"

분노와 동요로 목소리가 크게 떨렸다. 아니, 하지만 무리도 아니겠지. 지금 화를 내지 않으면 언제 화를 낸단 말인가.

"자, 잠깐 진정해. 미안하다니까. 그…… 거기에 혹시 내 조끼 있어?"

"조끼?"

조금 전 내 옷을 꺼낸 선반의 맨 위를 보니, 확실히 히비야의 것으로 보이는 하얀 조끼가 개켜져 있었다.

"아— 이거? 여기에 있는데."

"저, 정말?! 그거 돌려줘! 안에 소중한 물건이 들어 있어!"

"안에 소중한 물건이라니……. 아항. 그게 걱정돼서 그렇게나 초조해했던 거구나. 그렇게나 소중한 물건이구나~. 어떤 게 들어 있을까~?"

내 가슴에 쌓인 억울하고 원통한 감정을 듬뿍 담아서 짓궂게 말하자, 히비야는 그 악의를 눈치챘는지 바로 반응했다.

"우, 우와아아! 손대지 마! 다른 사람에게 받은 소중한 물건이야! 절대로 손대지 마!"

"그런 말을 들으니 더 손대고 싶어지는걸—. 어디 보자~."

"그만둬! 정말 그만두라니까!"

히비야가 계속해서 문을 쾅쾅 두들기며 하는 말을 흘려들으면서, 조끼 주머니에 손을 집어넣으니 종이봉투 같은 감촉이 느껴졌다.

"오— 찾았다, 찾았어. 봉투 안에는 뭐가 들었을까~."

"그, 그만둬어어어어어어어어어어어어!"

봉투의 내용물을 꺼낸 뒤에 일어난 일은 그다지 기억나지 않는다.

기억나는 것은 내가 "부탁할게! 이거 나 주면 안 될까?"라고 말하면서 있는 힘껏 탈의실을 뛰쳐나갔다는 것과, 그런 나를 보고 히비야가 얼굴을 엄청 새빨갛게 물들였다는 것과, 희미한 바다 냄새뿐이다. 반성은 하고 있지만 후회는 하지 않는다.

*

“과연~. 응응, 삼켜졌었단 말이지……. 큰일이네…….”

“……저기 말이야, 아줌마. 하나도 못 알아들었지?”

“아하하…… 뭐, 요점은 파악했다는 걸로…….”

아지트에서 꽤 멀리 나왔을까. 우리가 지금 걷고 있는 인도는 가로수 잎이 햇볕을 적당히 가려줘서, 맑은 날 산책하기에 정말 딱 좋았다.

그 말씽 이후, 히비야는 예상대로 부랴부랴 아지트를 뛰쳐나가려고 했다.

키도 씨가 “능력이 갑자기 발현되면 위험하다.”라고 말했기 때문에, 나는 필사적으로 말렸다. 하지만 말을 통 듣지 않아서 결국 나도 함께 따라 나오게 되어 지금에 이르렀다.

우선 편의점에서 아침밥으로 샌드위치를 사서 둘이서 모조리 먹어 치웠다. 히비야는 샌드위치를 다 먹은 후에, 자신이 휩쓸렸다는 사건에 대해서 이야기 해주었다.

하지만.

히비야가 이야기한 사건은 일반적으로 이해하기 어려운 내용이었다.

트럭에 치인 뒤에 갑자기 이상한 세계 속을 헤매게 되었다는 이야기였다.

그리고 히비야는 그 세계 속에서 친구인 여자아이가 죽어가는 모습을 몇 번이나 목격한 끝에, 최종적으로 혼자서만 바깥으로 토해졌다는 것이다.

덧붙여서 히비야는 내가 이야기를 잘 이해하지 못하는 바람에, 같은 이야기를 세 번이나 반복해야 했다. 이렇게 노력하는 모습을 보면, 이 아이는 사실 매우 착한 아이겠지.

그리고 내 머리는 정말로 나쁘다는 사실을 깨달았다. 원통하다.

"음~. 일단 요약하자면, 히비야는 그 헤어지게 된 히요리라는 여자애를 어떻게든 찾아내고 싶은 거구나."

"어?! 아, 응……. 엄청 짧게 요약했구나."

히비야는 뭔가 할 말이 많은 듯한 표정을 지었지만, 쓸데없는 일이라고 판단했는지 딱히 말을 꺼내지는 않았다.

"그 애를 좋아하는 거야?"

"응. 뭐?! 그걸 왜 물어보는데?"

"아~ 역시. 우와~ 조숙하네~."

초등학생의 순진한 반응에 입꼬리가 올라가려고 했다. 하지만 그거야말로 정말 「아줌마」 같은 반응이 아닌가. 그렇게 생각하며 간신히 억눌렀다.

"무슨……! 하아. 그래. 계속 좋아했던 아이야. 뭐…… 차였지만."

"뭐?! 차였어?! 저런~!"

"시끄러워, 이 아줌마야! 왜 그렇게 활기가 넘치는 거야……."

히비야는 그렇게 말하면서도 쑥스러운 듯이 고개를 숙였다.

이렇게 보면 그저 그 나이 또래의 남자아이 같다는 생각이 든다.

하지만 조금 전의 이야기를 단편적으로밖에 이해하지 못한 내가 봐도, 히비야가 휩쓸린 이 상황은 너무나도 가혹했다. 이렇게 작은 남자아이 혼자서 어떻게 할 수 있는 문제라고는 도저히 생각할 수 없었다.

"그래도 구해낼 거야."

하지만 그런 내 걱정은 아랑곳없이, 히비야는 작지만 또렷

한 목소리로 중얼거렸다.

"그래, 반드시 구해내야겠네."

"……응. 반드시."

뭔가 우리가 도와줄 수 있는 일이 없을까.

아니, 그보다 히비야는 왜 혼자서 구하겠다고 고집부리는 걸까.

"저기, 히비야는 그 아이를 찾으려고 뛰어나온 거겠지만, 그 아이를 찾는 건 무척 어려운 일이지? 혼자서 찾는 것보다 모두 힘을 합쳐서 찾는 편이 좋지 않아?"

히비야는 내 질문에 대해 "하아……." 하고 귀찮은 듯이 커다란 한숨을 쉬었다.

"그렇지만 아줌마가 내 이야기를 이해하는 데도 시간이 엄청 걸렸잖아? 어서 서둘러야 하는데, 그렇다면 혼자 가는 편이 낫지 않겠어?"

"으……."

정말 그 말 그대로라 내 주장은 눈 깜짝할 사이에 무너져버렸다.

이제 분하기는커녕 반대로 '요즘 초등학생은 정말 머리가 좋구나.' 하고 감탄할 정도였다.

"게다가……."

"게다가 뭐?"

"게다가 신용해주지 않는 건 그나마 낫지만, 방해라도 받게 되면 정말 견딜 수 없을 거야. 한시라도 빨리 구하고 싶으니까."

히비야의 눈은 이렇게 어린 나이에도 불구하고 앞을 똑바로 응시하고 있어서, 믿음직스럽게 느껴질 정도였다.

하지만 어리기 때문에 그만큼 어리숙한 부분도 있었다.

시골에서 올라왔다는 히비야는 이곳의 지리도 잘 알지 못하는 데다가 돈도 별로 없는 모양이었다.

더욱이 눈의 능력도 이제 막 나타나서 아직 자유자재로 구사할 수 없을 테니, 폭주하기라도 하면 큰일이겠지.

"……그래도 역시 나도 따라갈게. 왠지 걱정되는걸."

내가 그렇게 말하자, 히비야는 발을 딱 멈추고 불신감이 담긴 시선으로 나를 올려다보았다.

아무래도 이런 시선은 거북해서, 무심코 묘한 미소를 지으면서 얼버무리려고 했다.

"아줌마가 나를 도와줘서 얻는 이득이 뭔데? 그 사람들도 그래. 왜 나를 도와주려고 하는 거야? 그런 점에서 믿음이 안 가."

히비야의 말에는 가시가 있었지만, 왠지 그런 부분이 안쓰럽게 느껴졌다.

그 감정은 내가 이 아이를 내버려 둘 수 없는 이유를 가장 명확하게 설명했다.

"……우리 오빠랑 똑 닮았네."

"뭐? 뭐라고 했어?"

"좋아~! 알았어! 그런 거라면 이렇게 하자. 내가 히비야를 도와줘서 혹시 그 여자애를 찾게 된다면, 히비야는 나를 『아줌마』라고 부르지 않는 거야. 그리고 『소』라고도 부르지 말고. 또…… 뚜, 뚱……『뚱뚱하다』고도 하지 말고……."

뒷부분은 조금 말하기 힘들었기 때문에 말꼬리를 흐려버렸다.

앞부분에 너무 힘을 주면 제대로 되는 일이 없다.

"하아? 그게 뭐야. 그게 아줌마의 『이득』?"

"그래. 나는 그것만 이루어지면 충분해~! 아, 혹시 괜찮다면 친구가 되어줘. 그럼 기쁠 거야!"

내가 팔짱을 끼고 자신만만하게 말하자, 히비야는 처음으로 웃었다.

"……그게 뭐야. 그럼, 만약 아줌마랑 같이 가도 찾지 못하면? 아줌마는 뭘 해줄 건데?"

"음~ 그러네……. 그럼……."

어떻게 할지 고민해볼까 생각했지만, 그것은 고민할 필요

조차 없는 간단한 문제였다.

『메카쿠시단 멤버라면 뭐라고 말할까.』

내가 생각하는 것을 그대로 전하면 되니까.

히비야의 눈동자를 바라보면서 분명하게 말했다.

"……찾을 때까지 계속 힘이 돼 줄게."

메카쿠시단 멤버라면 분명, 혼자서 고민하는 것이 얼마나 괴로운 일인지 잘 알겠지.

나는 그런 멤버들에게 도움을 받아서 웃을 수 있게 되었다.

그렇다면 다음은 내가 누군가를 도와줄 차례다.

분명 그것이 메카쿠시단 단원으로서 내가 맡은 가장 중요한 임무일 것이다.

"아, 아줌마는 무슨 부끄러운 소리를 하는 거야?"

히비야는 그렇게 말하고 얼굴을 붉히며 고개를 돌렸다.

나도 솔직히 상당히 부끄러운 말을 했다는 자각이 있어서, 마찬가지로 달아오른 얼굴을 살짝 숙였다.

초등학생 상대로 뭘 부끄러워하는 걸까.

그런 생각을 하고 있을 때, 히비야가 갑자기 휘청거렸다.

허둥지둥 등을 받쳐주자, 히비야는 다시 균형을 잡고 손으로 머리를 짚었다.

"어라, 왜 이러지. 왠지 어지러워……."

"무, 무슨 일이야……. 앗!"

히비야의 얼굴을 들여다보니, 오른쪽 눈은 손에 가려져서 보이지 않았지만, 왼쪽 눈이 새빨갛게 물들어 있었다.

아뿔싸. 이 눈 색깔……. 틀림없이 히비야의 능력이 발동하고 있다는 증거다.

지금까지 내가 본 능력들은 주변에 그다지 큰 피해를 주지 않았다. 하지만 각각의 능력들은 관련성이 너무 없어서 지금 발동하고 있는 히비야의 능력이 어떤 것인지, 나는 전혀 예상할 수 없었다.

갑작스러운 전개에 공포심이 일었다.

이대로는 안 된다. 도와주겠다고 방금 말한 참이잖아. 정신 똑바로 차려야 해……!

"히비야! 뭔가 몸에 이상한 부분 같은 거 없어?!"

"으, 응. 몸은 괜찮은데……. 뭔가 이상한 게 보여. 이게 뭐지. 시계탑……? 뭔가 4층 정도 되는 건물이야. 학교인가……. 운동부원 같은 사람들이 보여."

히비야는 갑자기 허공을 보며 어떤 장소의 특징을 설명하기 시작했다.

그리고 히비야가 특징을 설명하면 할수록, 그곳이 어떤 장소와 정말 똑같다는 사실을 깨달았다.

“거, 거긴 내가 다니는 학교인데?”

“어?! 여기가?! 아, 정말이다. 『키사라기 모모』라고 적힌 신발장이 있어. 여기는…… 교무실? 아, 『키사라기 모모』의 지리 시험지인가……. 1점?!”

“우와아아아아아아아아?! 그, 그걸 히비야가 어떻게 알아?!”

갑자기 화제가 된 내 시험 결과는 확실히 예전에 본 지리 시험 결과가 틀림없었다.

하지만 어째서 히비야가 그것을 알고 있는 걸까. 붉어진 눈, 히비야의 말, 아무리 바보 같은 나라도 이 능력의 정체는 쉽게 상상이 갔다.

“처, 천리안……?”

“……그런 것 같아.”

눈이 마주친 순간 히비야의 눈에서 붉은빛이 서서히 빠지더니 원래 색으로 돌아갔다.

“어, 어라?! 이제 안 보여……. 왜지?!”

“하아~ 정말 눈의 능력은 뭐든지 가능하구나.”

히비야에게 나타난 능력은 아무래도 먼 곳에 있는 경치를 바라볼 수 있는 능력인 것 같았다.

우리 학교의 특징을 정확하게 말한 데다가 내 시험 점수까지 볼 수 있다는 말은, 아마도 자신이 보고 싶은 것을 어느 정도 조절할 수 있는 능력이겠지.

"그거 엄청나게 좋은 능력이잖아……."

어른답지 못하게 어깨가 축 처졌다.

히비야의 능력은 분명 「손에 넣고 싶은 능력 랭킹」 같은 것이 있다면, 틀림없이 상위권을 차지하겠지.

그에 비하면 내 능력은…… 눈에 띈다. 아무튼 눈에 띈다. 이왕이면 좀 더 편리한 능력이었으면 좋았을 거라고, 태어나서 처음으로 그런 생각을 했다.

"어? 뭐? 무슨 소리야?!"

히비야는 어찌할 바를 몰라 당황했다. 아무래도 아무것도 모르는 모양이었다.

그럴 만도 하다. 나도 처음에는 그런 능력이 있다는 사실을 알아차리지도 못했으니까.

"어, 그러니까 말이지. 알기 쉽게 말하면, 히비야는 눈이 붉어질 때만 먼 곳에 있는 것을 볼 수 있는 능력을 손에 넣었다는 거야. ……아마도."

"붉은 눈……?"

"응. 조금 전에 히비야의 눈이 새빨개졌었어."

히비야는 한순간 경직되었다가 곧 지금까지 본 적 없는 밝은 표정을 지었다.

"초능력 같은 거야?"

"으, 응……. 아마 그럴 거야."

솔직히 나도 이 능력의 정체를 잘 모르지만, 거의 그런 것이라고 봐도 무방하겠지.

하지만 히비야는 어째서 일부러 우리 학교를 봤을까. 도대체 왜…….

"뭔지 잘 모르겠지만, 천리안이라면……. 이 능력으로 히요리를 찾을 수 있을까?"

히비야의 말에 나는 퍼뜩 정신을 차렸다.

그렇다. 히비야의 능력은 사람을 찾는 데 딱 맞는 능력이 아닌가.

이 힘으로 히요리의 행방을 찾을 수 있다면…….

"그래, 히비야! 잘됐다! 자, 한 번 더 해봐!"

"으, 응! 좋아~. 우오오오오오오…… 보여라아아아아……."

히비야는 마치 모 만화의 주인공이 금발로 변신할 때와 같은 자세를 취하고 힘을 주기 시작했다.

"우오오오오……."

"응응! 힘내……!"

“끄으으으으으…… 아아아…….”

“잘하고 있어! 파이팅!”

“후우우우…… 우오오오오……!”

……3분 정도 지났을까.

여전히 계속해서 힘을 주고 있는 히비야가 왠지 안쓰러워 보이기 시작했다.

“……아직 안 보여?”

“우오오오오…… 전……혀 안 보여어어어어……!”

아무래도 아직 능력이 발동한 지 얼마 안 돼서인지, 자유자재로 구사할 수 없는 모양이다.

모처럼 히비야의 소원을 이루기에 안성맞춤인 능력이 나타났는데, 사용할 수 없으면 의미가 없다.

어떻게든 해서 한 번 더 발동되면 좋겠지만, 집중력만으로 해결될 문제일까.

“음~ 곤란하네. 한 번 더 발동되면 뭔가 보일 것 같은데……. 아.”

필사적으로 힘을 주는 히비야의 바로 옆으로 미니스커트를 입은 여성이 지나가는 그 순간,

바람이 불어서 그 여성의 스커트를 크게 흔들었다. 순간 히비야의 시선이 그 여성에게 쏠렸다.

"아! 뭔가 보이기 시작했어! 조금 전 지나간 여자의…… 방? 사진이 있어. ……아, 빨랫감이 산처럼…… 아야!"

내가 있는 힘껏 히비야의 머리를 후려갈기자, 새빨갛게 되었던 히비야의 눈에서 붉은 기가 슥 하고 빠졌다.

"저기 말이야! 히요리를 찾을 생각은 있어? 그보다 그 발동 조건은 뭐야! 야한 생각?!"

"나, 나도 몰라! 멋대로 발동됐으니까!"

"아아~ 그러면서 『그래도 구해낼 거야.』라고 잘도 말하는구나. 뭐, 그럴 나이니까."

"그런 거 아니라니까! 아— 정말 뭐가 뭔지 모르겠네."

필사적으로 변명하는 히비야는 아랑곳없이, 내 머릿속에서 한 가지 가설이 떠올랐다.

아니, 그 가설이 들어맞는다면 상황은 순식간에 안 좋은 쪽으로 흘러갈 것이다.

"저기, 아줌마. 어떻게 해야 히요리가 있는 곳을 볼 수 있는 거야……?"

히비야의 능력이 처음으로 나타난 것은 『나를 봤을 때』였다. 그때는 내가 다니는 학교의 전체 모습을 볼 수 있었다.

능력이 두 번째로 나타난 것은 여자의…… 아니, 『여자를 봤을 때』였다. 이때는 여자의 방을 들여다보는 최악의 상황이 되었다.

겨우 두 번밖에 능력이 발동되지 않았기 때문에 확실하게 말할 수는 없지만, 이 두 가지 예를 살펴봤을 때 생각할 수 있는 히비야의 능력은…….

"히비야가 직접 그 눈으로 본 사람과 관련된 장소를 『보는』 게 가능하다……?"

"어? 그게 무슨……."

히비야가 나에게 질문 하려고 했을 때, 차 한 대가 우리 바로 옆에 멈춰서 짧게 경적을 울렸다.

뒤돌아보니 그 차에 타고 있는 것은, 가능하면 쉬는 동안에는 가장 만나고 싶지 않은 사람이었다.

"여, 키사라기. 공부는 잘 하고 있냐?"

"선생님, 만나자마자 그런 말로 인사를 하시다니……."

운전석이 왼쪽에 있는 차창을 열고 말을 걸어온 타테야마 선생님은 담배를 물고 평소와 다름없는 가벼운 말투로 그렇게 말했다.

"아, 아줌마, 이 사람은 누구야……?"

이상한 아저씨의 갑작스러운 등장에 히비야가 약간 경계심을 나타냈다.

"아, 괜찮아, 괜찮아. 이 사람은 우리 학교 선생님이야."

"헤, 그렇구나. 왠지…… 펑키한 사람이네."

히비야는 아마도 에둘러서 표현할 수 있는 중에서 가장 괜찮다고 생각되는 단어를 고른 것이겠지.

하지만 펑키라는 말이 그다지 좋은 말로는 들리지 않았다. 그 이유는 선생님을 비유할 수 있는 단어 후보에는 이미 낡아빠진 표현만 남았기 때문이겠지.

"오. 키사라기, 뭐냐? 데이트하는 거냐. 부럽네. 결혼식을 올리게 되면 초대해줄 거지?"

"아니, 그런 게 아니라니까요. 이 아이가 사람을 찾는 걸 잠시 도와주고 있어요."

선생님은 내 말을 듣고 히비야를 말끄러미 쳐다보더니, 활짝 웃은 뒤에 뒷좌석을 엄지로 가리켰다.

"괜찮다면 가고 싶은 곳까지 데려다 주마. 내가 이래 봬도 운전을 좀 하거든."

"아니, 선생님! 괜찮아요! 이 아이는 그런 게 아니거든요!"

일단 있는 힘껏 거절하자, 선생님은 딱 봐도 실망한 티가 역력했다.

"뭐야 왜 그러는데……. 오봉이라고 해도 어디 갈 곳이 있는 것도 아니고……. 나 혼자만 내버려 두고 너희만 즐거우면 다냐……."

선생님은 실망한 것으로 그치지 않고, 꽤 악질적인 네거티브 광고를 하기 시작했다.

이 나이의 아저씨가 네거티브 광고를 하는 것만큼 견디기 힘든 것도 없다.

"저, 저기……."

내가 한숨을 쉬고 있을 때, 뜻밖에도 히비야가 선생님에게 말을 걸었다.

"오? 무슨 일이냐, 꼬마야."

"저기…… 역 앞에 공원이 있을 거예요. 사거리 부근에……. 혹시 괜찮으시면 거기까지 데려다 주셨으면 하는데요."

한순간 히비야가 무슨 말을 하는지 이해할 수 없었다. 하지만 조금 전에 히비야가 세 번이나 설명해주었던 이야기의 출발 지점을 떠올리고, 무슨 생각을 하는지 알 수 있었다.

"확실히 그게 좋을지도……! 선생님, 부탁드려도 될까요?"

선생님은 매우 기쁜 표정을 짓더니 바로 아무렇지도 않은 척 표정을 바꾸고, 다시 뒷좌석을 가리켰다.

아니, 솔직히 이 사람은 단지 이 포즈를 해보고 싶었을 뿐 아닐까.

"훗, 할 수 없구나. 꼬마들아, 타라."

"히비야, 역시 그냥 택시 탈까?"

"아아아아아아아아! 내가 잘못했다! 제발 타줘. 부탁할게!"

뒷좌석 문을 덜컥 여니 담배 냄새와 방향제 냄새가 뒤섞인, 자동차 특유의 공기가 감돌고 있었다.

차에 올라타서 좌석 안쪽으로 들어가자, 히비야도 잇따라 차에 올라탄 뒤에 문을 닫았다.

"그럼 신세 좀 지겠습니다, 선생님. 잘 부탁드려요."

"오. 맡겨둬라. 저기 꼬마야, 역 앞 공원이라면 짐작 가는 곳이 한 군데밖에 없는데, 우선 그쪽으로 가도 되겠냐?"

"아, 네! 잘 부탁드립니다."

기어를 바꾸고 달리기 시작한 차 안은 에어컨이 돌아가고 있어서 무척 쾌적했다.

시계를 보니 시각은 대략 오후 두 시가 되려는 참이었다.

히비야와는 어느덧 벌써 여섯 시간이나 이야기를 나눴지만, 히비야가 지닌 능력의 정체는 아직 애매모호한 상태였다.

하지만 조금 전에 세웠던 가설이 혹시 사실이라면, 히비야의 능력은 「사람」이 아니라 「장소」를 보는 능력이라는 소리가 된다.

그렇다면 『히요리의 행방』을 찾기 위해 『히요리가 필요하다』는 매우 성가신 상황이 벌어진다.

그럴 경우 히비야의 능력으로 히요리를 수색하는 것은 상당히 어려워지겠지.

그렇다 치더라도 『자신의 능력을 어떻게 사용하는지 모른다』는 것은 꽤나 귀찮은 일이다.

같은 능력을 지닌 사람이 없으니 설명서가 있는 것도, 누군가가 가르쳐줄 수 있는 것도 아니다.

본인만이 사용법을 알 수 있다는 것은「팔은 붙어 있는데 팔을 움직이는 법을 모른다.」라고 말하는 것과 비슷할지도 모른다.

그에 비하면 내 능력은 편한 축이다.

「사람의 눈을 사로잡는」 이 능력은 사용법을 비롯해서 모두 ON과 OFF만 있다.

히비야는 나처럼 능력에 대해 두려워하는 일 없이, 나보다도 훨씬 복잡한 능력을 히요리를 구하기 위해서 필사적으로 사용하려고 한다.

어떻게 해서든지 도와주고 싶다.

우리가 향하고 있는 공원에서 뭔가 발견할 수 있으면 좋으련만…….

문득 히비야를 바라보니, 놀라운 광경이 펼쳐지고 있었다.

히비야의 눈은 붉게 물들어서 선생님이 앉아 있는 좌석 시트의 뒤쪽을 집어삼킬 듯이 바라보고 있었다.

도대체 무엇을 보는 걸까 싶은 마음에 나도 들여다보니, 뭐 예상은 했지만 아니나 다를까 야한 사진이 표지에 실린 잡지가 시트 뒷주머니에 꽂혀 있었다.

바로 잡지를 뽑아서 둥글게 만 뒤에 히비야의 머리를 탁! 하고 세차게 내리쳤다.

"아얏! 으…… 우와! 아니, 그게 아니야! 그냥 눈에 보이길래!"

"그~냥~? 엄청 집중해서 봤잖아! 뭘 마음껏 악용하고 있는 거야!"

큰 소리를 낸 뒤에 퍼뜩 정신이 들어서 앞을 보니, 선생님이 백미러 너머로 히죽히죽 웃으면서 우리를 보고 있었다.

"어이 어이, 키사라기. 남자란 건 말이지, 알고 있어도 저절로 눈이 돌아갈 때가 있는 법이야……. 야한 책 한 권이나 두 권 정도로 질투해서는 오래 못 사귈걸?"

머릿속에서 상황을 정리하자마자 선생님이 무슨 말을 한 건지 파악이 되면서, 얼굴에서 불이 나기 시작했다.

히비야의 능력을 모르는 사람이 지금 내 모습을 보면, 옆에 앉아 있는 남자아이가 야한 잡지를 조금 본 것만으로도 꺅— 꺅— 마구 소리치며 질투하는 여자로만 보이겠지.

"그, 그런 의미가 아니에요!"

"아~ 알겠다, 알겠어. 나도 우리 마누라에게 자주 야단맞았지. 그 마음도 이해하고말고."

"아아아아아아! 이제 됐어요! 내릴 거예요! 내려주세요!"

내가 소리를 지른 직후, 자동차는 방향 지시등을 켜며 갓길에 정차했다.

"어? 아, 아니 정말로 차를 세우시는 거예요……?"

"하하하! 유감스럽지만 목적지에 다 왔어. 뭐 이다음은 둘이서 계속해라."

그 말을 듣고 창밖을 보니, 그곳에는 좀 작고 평범한 공원이 보였다.

조금 전 히비야가 말한 이야기의 무대가 되었던 곳이라고는 도저히 상상할 수 없을 정도로 어디에나 있을 법한 공원이었다.

여기서 히요리와 이어지는 뭔가를 찾을 수 있다면 좋겠는데…….

문을 열고 히비야가 먼저 내린 뒤에 이어서 나도 내렸다.

우리가 차 쪽으로 몸을 돌리자, 선생님은 창문을 열고 담배에 불을 붙였다.

분명 우리가 내릴 때까지 참고 계셨던 거겠지.

"뭔가 심심하지 않아서 좋았다. 일단 잘은 모르겠지만 찾는다는 사람을 만나면 좋겠구나. 뭐, 키사라기는 조만간 다시 보충 수업에서 만나게 되겠지만 말이지."

"으아아…… 맞다, 보충 수업이 있었죠. 잘 부탁드립니다……."

"아, 고맙습니다. 저기…… 죄송해요. 아직 자기소개도 하지 않았죠. 히비야라고 합니다."

헤어질 때가 돼서야 갑자기 자기소개를 시작하는 히비야의 모습이 재미있었는지, 선생님은 껄껄 웃으며 대답했다.

"오, 나는 타테야마라고 한다. 기회가 된다면 또 보자. 히비야."

선생님은 그렇게 말하고 창문을 닫은 뒤 손을 흔들더니 차를 몰고 가버렸다.

"하아. 쉬는 날 정도는 보충 수업에 대해 생각하고 싶지 않은데 떠올라 버렸어……. 어, 히비야, 왜 그래?"

"응? 아니…… 저 사람의 이름을 들어본 적이 있는 것 같아서……."

"음~ 그렇게 흔한 이름은 아닌데. 최악의 경우엔 아는 사이일지도?"

"최, 최악의 경우라니……."

히비야는 쓴웃음을 짓더니, 기분을 전환했는지 휙 하고 공원 안을 응시했다.

"히비야, 어때. 뭔가 보여?"

"그, 그렇게 갑자기 볼 수 있는 건 아니지만……. 해볼게."

히비야는 공원을 응시하며 능력을 발동시키기 위해 정신을 집중하기 시작했다.

쉬는 날인데도 공원에는 이상할 정도로 아이들이 없었

다. 히비야에게 일어난 이야기를 듣고 나니, 마치 공원이 놀러 온 아이들을 삼켜버린 것 같아서 기분 나쁘게 느껴졌다.

히비야는 그 뒤에도 계속해서 능력을 발동시키려고 했지만, 결국 해가 저물 때까지 히요리의 모습을 찾을 수 없었다.

*

푸른 밤하늘에 떠오른 커다란 달은 마침 나무들 사이로 자신의 전모를 드러내며 아련히 빛나고 있었다.

공원 벤치에 주저앉은 지 몇 시간이 흘렀다.

그로부터 몇 시간이나 계속해서 정신을 집중했던 히비야가 이미 한계까지 기진맥진해진 것은 눈으로 봐도 딱 알 수 있었다.

결국 능력의 정체를 알아내기는커녕 발동시키지도 못한 채 체력만 소모해버렸다. 지금 상황이 몹시 좋지 않다는 것은 누가 봐도 명확했다.

"저, 저기…… 히비야, 이제 오늘은 많이 늦었으니까 내일 다시 해보지 않을래?"

"아— 아줌마는 돌아가도 상관없어……. 나 혼자서 할 테니까……."

"그럴 수는 없다니까! 게다가 히비야도 이제 한계 아냐? 일단 제대로 쉰 다음에 다시 하는 편이……."

내가 그렇게 말하자 히비야가 나를 노려보았다.

그것은 어제 처음 만났을 때 보았던 증오가 어린 몹시 차가운 눈동자였다.

"힉……."

나는 히비야의 엄청난 기백에 눌려서 아무 말도 할 수 없었다.

그렇다. 일 분 일 초에 히요리의 목숨이 달린 이 상황에서, 히비야가 "쉰다."라고 말할 리 없었다.

히비야는 다시 고개를 숙이고 지면을 바라보며 계속해서 정신을 집중했다.

아무것도 하지 못한 채 그저 그 모습을 지켜보고 있으니, 히비야의 발밑으로 물방울이 뚝뚝 떨어지기 시작했다.

그것이 무엇인지는 바로 알 수 있어서, 가슴이 강하게 죄어 왔다.

"정말 이게 뭐야……! 이런 능력, 있어 봤자 아무 도움도 안 되잖아……!"

히비야의 그 눈물을 보니 위로할 말이 떠오르지 않았다.

도움이 안 되는 것은 내 쪽이다. 도와주겠다고 잘난 듯이 말해놓고 아무것도…….

그렇게 생각한 순간, 내 눈에도 눈물이 고이기 시작했다.

둑이 터지는 것처럼 눈물이 조용히 뺨을 따라 넘쳐흘렀다.

문득 히비야가 일어나서 공원 출구를 향해 걸어가기 시작했다.

“어, 어디로 가는 거야?!”

내 목소리는 울었다는 사실이 다 드러날 정도로 잠겨 있었다. 하지만 히비야는 개의치 않고 공원 출구로 가려고 했다.

나는 참지 못하고 일어나서 히비야의 손을 붙잡았다. 그제야 그 손이 작게 떨리고 있다는 사실을 깨달았다.

“이제 이런 것에 기대봤자 평생이 걸려도 히요리를 찾을 수 없어. 이대로 그냥 찾으러 다니는 편이 훨씬 빠를 거야.”

“이런 시간에는 무리라니까. 그럴 거라면 내일 다른 멤버들이랑 같이 찾으러 가자. 응?”

내가 그렇게 말한 순간, 히비야가 내 손을 난폭하게 뿌리쳤다.

“그러니까…… 신용할 수 없다고 말했잖아?! 이 능력도 이제 믿을 수 없어…….”

히비야는 다시 걸어가려고 하다가 발을 딱 멈췄다.

그곳에서 몇 발자국 더 걸어가더니 공원 안에 떨어져 있던 뭔가를 주워 들었다.

그것은 히비야의 조끼에 들어 있었던 종이봉투와 같은 것이었다.

"히요리가 샀던 거야……."

히비야는 그렇게 중얼거린 순간, 지면에 무릎을 꿇었다.

"히비야?!"

가까이 달려갔지만, 히비야는 이미 완전히 초췌해 보였다.

"정신 차려. 같이 힘내자……. 응?"

"어쩌면 나 같은 건 이제 안 되는 게 아닐까……. 히요리가…… 히요리가 살아 있는지조차……."

"……안 돼!"

그런 말은 절대 꺼내면 안 된다.

누군가가 살아 있다고 믿어주지 않으면, 찾아내 주지 않으면, 그 사람은 정말로 사라져버릴지도 모른다. 나는 옛날부터 계속 그렇게 믿고 있었다.

"그런…… 그런 말을 하면 안 돼……. 포기하면 안 돼……! 난…… 히비야를 믿고 있으니까……!"

"그, 그럼 어떻게 하면 되는데! 히요리는 이제 여기에 없어……. 그럼 『보는 것』도 할 수 없어."

그래, 확실히 그렇다. 결국 『사람의 모습』을 봐야 쓸 수 있는 능력이라면, 히요리 본인이 여기에 없으면 의미가 없다.

그럼, 어떻게 해야 할까…….

"……아니야."

순간 머릿속에 있었던 하나의 위화감이 희미하게 빛나기 시작했다.

왜 좀 더 빨리 눈치채지 못했을까. 이렇게나 알기 쉬운 일이었는데.

"……저기, 히비야. 선생님의 차에 있었던 그…… 야한 잡지를 봤을 때 뭐가 『보였어』?"

히비야는 갑작스러운 질문에 한순간 몸을 굳혔지만, 솔직하게 대답했다.

"그러니까…… 그때는 능력을 사용하지 않았어?! 그…… 우연히 눈에 들어왔을 뿐이라고 말했잖아."

조금 전부터 머릿속에서 짜 맞추기 시작한 가설이 방향을 틀어서 『진실』로 바뀌기 시작했다.

히비야는 틀림없이 그때 능력을 발동시키고 있었다.

하지만 히비야가 능력을 사용하지 않았다고 말한다는 것은 『능력을 사용했지만 아무것도 보이지 않았다』는 소리다.

"어쩌면 가능할지도!"

"뭐?! 무슨 소리야?!"

"저기, 히비야가 『사람』을 봤을 때 보였던 것은 『장소』였지? 하지만 히비야가 『책』을 봤을 때는 『아무것도 보이지 않았지』."

내 이야기에 히비야는 아직 뭐가 뭔지 모르겠다는 얼굴로 고개를 끄덕였다.

"그러니까 말이지. 지금 이렇게 애를 써도 능력이 발동되지 않는데, 그때 그 『책』을 봤을 때는 히비야의 눈이 붉어졌어. 그러니까 능력 자체는 발동했다고 생각해."

"하지만 『아무것도 보이지 않았다』는 건……."

"아니, 어쩌면 『보였을지도』 몰라. 저기, 이렇게 생각해볼 수는 없을까? 『사람』을 봤을 때 『장소』가 보인다면, 『물건』을 봤을 때는—."

"……『물건의 주인』?"

그렇다. 혹시 히비야의 능력이 『물건』을 봤을 때 그 『주인』을 볼 수 있는 능력이라면, 그때 히비야의 시야에는 운전하는 선생님의 모습이 『보였을』 것이다. 즉 능력이 없어도 보이는 위치에 있는 사람이니까 『보이지 않았다』고 착각한 게 아닐까.

"그저 가설일 뿐이지만, 혹시 이게 사실이라면……."

히비야는 내 말의 의미를 깨달았는지, 손에 들고 있던 히요리가 떨어뜨린 종이봉투를 꽉 쥐었다.

"……해볼게."

히비야가 종이봉투를 열고 안에서 꺼낸 것은 헤어밴드였다.

"뭐야, 나한테 준 것보다 값싸 보이잖아."

히비야는 그렇게 말한 뒤에 손에 정신을 집중하기 시작했다.

혹시 조금 전의 가설이 들어맞는다면, 이걸로 히요리의 모습을 찾을 수 있을지도 몰랐다.

하지만 히비야는 좀처럼 능력을 발동시키지 못하고, 시간만 천천히 흘렀다.

"아줌마…… 왠지 집중을 할 수가 없어……."

히비야의 눈은 넋이 나가서 당장이라도 쓰러져버릴 것 같았다.

당연하다. 어제부터 오늘까지 스트레스를 얼마나 받았을까.

역시 내일 계속하는 편이…….

아니……. 아마 무리겠지.

히비야는 지금 내가 「돌아가자.」라고 말해도 절대로 응하지 않겠지.

하다못해 내 능력으로 뭔가 도울 수 있다면 좋겠지만.

……그러고 보니 오늘은 계속 뭔가를 잊고 있는 듯한 기분이 들었다. 도대체 뭐였을까.

내 능력과 관계있는 뭔가 엄청 중요한 건데…….

"아아아아!"

"우왓! 아줌마, 갑자기 왜 그러는데……."

"나, 나 혼자서 돌아다니고 있어?!"
"어? 아니, 나도 있었잖아……."
"해, 해냈다아아아아아아아! 제어해냈다는 말이지?!"
"도대체 뭔데……?"

차가운 시선으로 나를 바라보는 히비야 옆에서, 나는 자신의 엄청난 성장을 크게 기뻐했다.

지금까지 계속해서 동경해왔던 평범한 생활을 드디어 손에 넣을 수 있는 것이다. 지금 기뻐하지 않으면 언제 기뻐하겠는가.

그리고 그것과 함께 또 하나.

배워서 익힌 내 「능력」의 사용법을 떠올렸다.

"우와~ 하하. 미안, 미안. 하지만 생각났어. 내가 도울 수 있는 방법."
"아줌마가 할 수 있는 거……?"
"응. 그 헤어밴드 잠깐 빌려줄래?"

히비야에게 헤어밴드를 받아서 일어난 다음에, 히비야와 조금 거리를 두었다.

"……도대체 뭘 하려는 거야?"
"괜찮으니까, 똑똑히 지켜봐."

헤어밴드를 쥔 오른손을 위로 들어 올리고, 눈을 감은 뒤에 정신을 집중했다.

이 헤어밴드에 시선을 모으는 것이다.

그렇다. 백화점에서 했을 때처럼 히비야를 위해 풀 파워로 모든 힘을 다해서!

힘을 집중해서 눈을 확 뜨니, 우리가 있는 공원은 어째서인지 조금 전보다 눈부시게 빛나는 것처럼 보였다.

“아줌마 굉장해. 빛이 모여들어서…… 뭔가 아이돌처럼 보여.”

“그렇지? 한 곡 불러줄까? 히요리를 찾게 된다면 말이지.”

눈을 새빨갛게 빛냈던 히비야는 “꼭 찾아낼 거야!” 하고 큰 소리로 외쳤다.

히요리를 찾게 되면 더는 「아줌마」라고 못 부르게 할 테니까.

그런 생각을 하면서 위를 올려다보니, 달님이 말끄러미 우리를 보고 있는 듯한 기분이 들었다. 아직 무대가 익숙하지 않은 신인 아이돌인 나는, 어쩐지 몹시 부끄러웠다.

아지랑이 데이즈 Ⅳ

"너. 어이~. 너 말이야."

"듣고 있다니까요……. 무슨 일인데요."

"그런가. 역시 그 아이는 네가 마음에 들었구나."

"그런 것 같아요……. 하지만 역시 분해요."

"그 마음도 이해해. 하지만 전에도 말했지."

"네?"

"너의 『눈』과 밖에 있는 사람들의 『눈』으로 볼 수 있는 것이 있다고. 그러니까 분명 괜찮을 거야."

“그러고 보니 그렇게 말했죠. 잊어버릴 뻔했어요.”

“그러니까 그 말도 했잖아? 잊지 말라고.”

“그건 기억하고 있어요.”

“그래. 그럼 이제 더 할 말은 없어.”

“……그렇지. 뭐 하나 물어봐도 돼요?”

“응. 물어봐.”

“다른 사람의 『눈』이라는 것은 어떻게 찾으면 될까요…….”

“아— 그거라면 간단해. 딱 보면 알 수 있을 정도로 새빨간 색이니까.”

“새빨간 색인가…… 저도 그렇게 될까요?”

“물론이야. 멋지지. 영웅의 색이야.”

"저도 그렇게 될 수 있다면 좋겠지만……."

"괜찮아. 너 자신을 믿어."

"네. 아, 이제 슬슬 가봐야겠네요."

"응. 조심해. 『그녀』를 잊어버리면 안 돼."

"알았어요. 금방 다녀올게요. 아— 죄송해요. 마지막으로 하나만 더."

"응. 뭔데?"

"당신의 붉은 머플러는 누구를 위한 영웅의 색인가요?"

"음~ 누구일까—. 아, 그래. 밖의 누군가에게 물어봐. 분명 대답해줄 거야."

"그렇군요. 그럼 이제 헤어져야겠네요."

"응. 또 보자…… 라고 해야 하나?"

"돌아올게요. 꼭."

"응. 그럼, 또 보자."

개연 팬더마스트

달님을 정면으로 바라보며 소원을 빌면서 아지트로 한 발 한 발 나아갔다.

“이건 부끄러운데. 아줌…… 아니, 모모.”

“어쩔 수 없잖아~? 히비야가 갑자기 쓰러졌으니까. 그리고 방금 잘못 말했지?”

“아니, 갑자기 바꾸는 건 어렵다니까……!”

“이러쿵저러쿵 변명하지 마! 나도 다리가 아프니까. 자, 이제 거의 다 왔다.”

공원에서 아지트까지 오는 거리는 상당히 멀었다.

히비야를 등에 업고 걷는 다리는 이제 이 다음에 앉게 되면 움직이지 않겠지.

“……내 이야기를 다들 믿어줄 거라고 생각해? 정말로 도와줄까…….”

“아직도 의심하는 거야? 당연히 믿어주지! 우리는 모두 친구잖아?”

“어, 언제부터 그렇게 된 거야?!”

“음~? 오늘부터인데.”

히비야는 몹시 난감해하고 있었다.

그럴 만도 하다. 어제 오빠에게는 말을 쏘아붙였던 것 같고, 코노하 씨에게는 엄청나게 폭언을 쏟아부었던 모양이다.

그런 끝에 멋대로 아지트를 뛰쳐나갔으니, 키도 씨도 걱정하고 있겠지.

“아~ 뭐, 괜찮을 거야, 괜찮아.”

“지, 지금 뭔가 말투가 미묘하지 않았어?”

“농담이라니까! 아~ 상단 공격이 들어올지도.”

“찌르기?! 찌르기가 날아오는 거야?!”

히비야의 반응이 재미있어서 괴롭히다 보니, 드디어 아지트가 보이기 시작했다.

“오, 봐봐~ 아지트가 보이기 시작했어~.”

"으, 응."

"아, 그렇지. 모두에게 소개하기 전에 그 능력을 뭐라고 부를지 이름을 지어야지."

"뭐? 그래야 되는 거야?"

"그래야 되는 거야."

물론 그런 규칙은 없지만 다들 이러니저러니 이름을 붙여 뒀고, 이름이 있는 편이 왠지 기분 좋게 느껴졌다.

"히비야의 능력은 먼 곳을 이렇게 바라보는 힘이니까…… 음~."

"……눈을 『집중시킨다』라는 건 어때?"

"어?"

"아니, 눈을 『집중시킨다』라는 건 이 이름을 사용하는 사람이 없으면 나한테 가장 잘 맞지 않을까 해서. 왠지 힘이 들어가 있기도 하고."

"……내가 쓰고 싶었는데. 뭐 멋진 것 같은데?"

"아니, 어느 쪽인데……?"

이럭저럭하는 사이에 아지트의 문이 보이기 시작했다.

오늘 히비야와 나의 대활약을 드디어 모두에게 이야기할 수 있게 되는 것이다.

문 앞에서 히비야를 내려주고, 힘차게 문을 열었다.

“다녀왔습니다~! 모모와 히비야 지금 돌아왔……습니다……?”

아지트의 거실 풍경은 내가 상상을 초월할 정도로 혼돈에 빠진 상태였다.

우선 소파 위에서 마치 등산가 같은 차림으로 그로기 상태에 빠진 오빠는 “아아…… 어서 와…….” 하고 모기만 한 목소리로 인사를 하고, 상반신이 알몸인 코노하 씨는 우리를 멍하니 바라보고 있었다.

마리는 코노하 씨의 윗옷에 뚫린 거대한 구멍을 촘촘히 꿰매고 있었고, 키도 씨로 말할 것 같으면 뭔가 낡은 수기(手記) 같은 것을 하염없이 읽고 있었다.

퍼뜩 우리를 알아본 키도 씨가 책을 탁 덮고 일어나서 우리 앞으로 다가왔다.

“오— 키사라기, 혼자서 괜찮았나. 걱정했어. 오, 히비야도 같이 왔구나. 마침 잘 왔어.”

“저, 저기…… 단장님? 이, 이건 대체……?”

그렇게 물어보니, 키도 씨는 장난을 치는 기색이 전혀 없는 진지한 표정으로 방에 있는 전원에게 이렇게 말했다.

“키사라기도 돌아왔으니까 바로 지금부터 『아지랑이 데이즈 공략 작전』을 실행한다! 각자 철저히 준비하도록!”

“……네?”
“저, 저기…… 모모. 나는?”

무슨 말인지 전혀 이해하지 못한 채로 『아지랑이 데이즈 공략 작전』이 시작되었다. 이것이 메카쿠시단의 마지막 작전…… 아니, 메카쿠시단 멤버와 함께 지내는 마지막 시간이 될 것이라고는, 그때의 나는 당연히 알 길이 없었다.

■ 가짜 후기

여러분 안녕하세요. 이번에 아지랑이 데이즈의 3권 발매를 축하하기 위해 펜을 들게 된 이시부로라고 합니다.

아시는 분은 「또 이 녀석이냐…….」 정도로 흘려버리셔도 되고, 「야, 너는 도대체 누구냐, 어떤 녀석이냐.」 싶으신 분은 부디 이시부로라는 이름의 보컬로이드 크리에이터를 어떤 방법으로든 조사해주세요. 분명 행복해지실 겁니다.

그럼, 이번에는 신타로가 마침내 전설의 검 「파이널 엘리멘트」를 손에 들고, 악의 조직 「메카쿠시단」 제427지부 단장 키돈을 격파한 부분에서 이야기가 끝났네요. 하지만 설마 이번에 또다시 카시와 학교로 무대를 옮길 줄은 몰랐습니다. 진 씨는 얄밉도록 훌륭한 연출을 하시는군요……!

에네와 모모, 그리고 신타로 삼인방이 차례차례 펼치는 경쾌한 학원 러브 코미디도 이 작품의 묘미라고 할 수 있겠지요.

그리고 이야기 중반에서는 지금까지 수상쩍은 분위기를 풍기면서도 이야기에는 깊이 관여하지 않았던 카노에게도 초점이 맞춰져 있는 것 같아서, 앞으로 전개가 어떻게 될지 눈을 뗄 수가 없습니다……!

여러분은 어떻게 보셨나요?

덧붙여서 저는 아직 3권 원고를 읽지 못했습니다. 죄송합니다.

진 씨가 정말로 아슬아슬할 때까지 작업했던 데다가, 저는 저대로 전혀 다른 작업에 쫓기고 있었기 때문에 읽을 시간이 없었습니다. 저도 아슬아슬합니다.

책의 내용도 실제 서점에 진열된 책을 직접 구입해서 보는 즐거움을 남겨두고 싶어서, 슥 훑어보는 것도 하지 않았습니다.

그리고 조금 전에 장황하게 늘어놓은 내용은 아지랑이 데이즈와 전혀 관계가 없습니다. 혹여 기분이 상하신 분이 있다면 죄송합니다.

마지막으로 진 씨, 3권 발매 축하드립니다!

항상 진 씨의 작품을 기대하고 있기 때문에 이번에도 역시 **두근두근**하게 해줄 것이라고 믿고 있습니다.

변변찮은 글을 읽어주셔서 감사합니다. 뭔가 기회가 된다면 어딘가에서 뵙도록 하죠. 그럼!

이시부로

■ 후기 ~『눈뜨고 볼 수 없는 이야기』~

안녕하세요. 진입니다.

『아지랑이 데이즈Ⅲ—the children reason—』 어떠셨습니까?

무대는 여전히 여름. 이번 권은 새로운 캐릭터와 새로운 전개가 참가하게 되었습니다.

그나저나 1권이 발매된 지 딱 1년 만에 3권을 발매하게 되었네요.

이야, 당시에는 무엇보다도 엄청 가혹한 스케줄이었습니다.

이런 말을 적을 때마다「또 시간이 없었다고 말하는 거냐. 이 버러지야.」라는 소리를 들을 것 같지만, 왠지 한 권이 나올 때마다 난이도가 올라갑니다. **살려주세요.**

이미 마감 시간이 너무나도 아슬아슬해서, 솔직히 요 며칠 욕실과 화장실에 가는 시간 이외에는 방에 틀어박혀서 지냈습니다.

이 방도 집필을 시작했을 때는 좋은 냄새가 나는 깨끗한 방이었습니다만, 어느샌가 대량의 도시락 용기와 페트병이 산처럼 쌓였습니다. 현재 이 후기도 그들에게 둘러싸인 상태에서 쓰고 있습니다.

아아…… 이 작업이 끝나면 이들과도 이별이겠지요.

무참하게도 사무소 직원분이 치워버리실 겁니다(스스로 정리해라).

절망적인 상황에서 계속 집필하는 저에게 「기운 내라.」 하고 말을 걸어준 것은 이 쓰레기뿐이었습니다.

고마워. 이제 잘 가.

계속해서 이런 식으로 아슬아슬하게 작업을 하게 되면, 식사를 시켜먹을 기회가 많습니다. 하지만 이것도 힘든 일입니다.

초인종이 울려서 제가 현관문을 열면, 다들 똑같이 "앗……(눈치)." 같은 표정을 짓습니다.

불건전해 보이는 남자가 저지를 입고 나타나면 당연히 그렇겠죠. 죽고 싶습니다.

게다가 이틀 연속으로 식사를 주문했는데 이틀 연속으로 같은 사람이 배달을 온 날에는 최악입니다.

저 "(돈을 내면서) 아, 아아…… 이야— 매일 죄송하네요. 제가 집에서 작업해야 할 일이 많아서 어쩌고저쩌고……."

여점원 "그, 그렇군요……. 하하…… 그럼, 실례하겠습니다(쾅)."

나 "……먹어볼까(혼자)."

이런 일뿐입니다.

이건 견딜 수 있습니다.

하지만 역시 쓸쓸합니다. 혼자서 피자 한 판을 먹는 건 정말 쓸쓸합니다.

그런고로 이번 집필이 끝나면 어딘가로 놀러 갈 겁니다!

벌써 한동안 쉬질 못했기 때문에 잠깐 정도라면 괜찮겠지요.

간다면 시골로 가고 싶습니다. 저는 시골 벽촌 출신이기 때문에 도시에 있으면 몹시 지칩니다.

그리고 기회만 있으면 여행지인 시골에서 이렇게 귀여운 여자아이와 친해지고 싶습니다.

아니, 하느님 이제 정말 기회를 주세요. 저도 이제 슬슬 화가 납니다(정색).

그렇다 치더라도 편집자가 갑자기 집으로 들이닥쳐서

편집자 "3권 이때까지 써주세요."

나 "에엣~!"

이런 전개가 됐을 때는 유서를 쓰는 것도 생각했습니다만, 어떻게든 극복해서 안도하고 있습니다.

이렇게나 열심히 했습니다.

아마 다음 소설 집필 기간까지는 아직 꽤 여유가 있겠지요. 잠시 한가롭게 지내고 싶습니다.

아니, 역시 바로 4권을 쓰기 시작하라고 말하지는 않겠죠. 잠깐 정도라면 괜찮습니다.

편집자도 그렇게까지 귀신은 아니니까 분명 지금쯤 느긋하게 바캉스라도…….

어라, 누가 온 모양입니다. 이렇게 늦은 시간에 누구일까요.

왠지 몹시 안 좋은 예감이 듭니다.

우선 이번 권은 이쯤에서 마치겠습니다. 또 다음 권에서 뵙도록 하죠. 그럼 이만.

진(자연의적P)

■역자 후기

『아지랑이 데이즈』 3권입니다.

이번 후기에는 본문과 관련된 내용을 적어볼까 합니다. 이 뒤부터는 본문부터 읽고 봐주시면 감사하겠습니다.

이번 권에서도 새로운 캐릭터와 새로운 사건들이 가득했지요. 그 중에서도 저에게 가장 인상 깊었던 이야기는 바로 농촌 소년 히비야의 도시 모험기였습니다. 우와 정말 가슴을 졸이면서 봤어요. 물가에 애를 내놓는다는 것이 이런 심정일까요? 저 역시 한 번도 가본 적이 없는 곳을 여행할 때 느끼는 기분을 맛보며 작업했습니다. 저도 모르게 속으로 「히비야 그게 아니야!」라고 외치면서요. 「아, 나도 어디어디를 다닐 때 이랬었지…….」 이렇게 히비야에게 공감하면서 추억에 잠기기도 했습니다. 그리고 그런 히비야의 모습이 귀여워서 저도 모르게 미소를 짓곤 했네요.

정말 아지랑이 데이즈는 볼 때마다 생각하지도 못한 캐릭터에게 빠지게 되는 것 같습니다. 이미 잘 알고 있다고 생각했던 캐릭터도 소설을 볼 때마다 새로운 매력을 발견하게 되네요. 어쩜 이렇게 매력이 철철 넘치는지. 그래서 저는 오늘도 새로운 캐릭터와 새로운 커플에 빠져서 허우적대고 있습니다.

이제 점점 작품의 배경이 되는 여름이 다가오네요. 매미소리를 들으며 작업할 것을 생각하니 심장이 고동칩니다. 다음 권에서는 또 어떤 캐릭터들과 어떤 사건들이 펼쳐질까요. 그리고 저는 또 어떤 캐릭터에게 빠지게 될지 기대되네요. 그럼 4권에서 다시 뵙겠습니다.

역자 이수지 올림

후기

우와아아아아아

새로운 사인

3권 표지 러프

본문 삽화 1 러프

본문 삽화 2 러프

본문 삽화 3 러프

본문 삽화 4 러프

본문 삽화 5 러프

본문 삽화 6 러프

초안

채

본문 삽화 7 러프

본문 삽화 8 러프

「어린 시절 카노」 캐릭터 설정화

「어린 시절 세토」 캐릭터 설정화

「어린 시절 키도」 캐릭터 설정화

「코노하 초기 캐릭터 디자인」 캐릭터 설정화

아지랑이 데이즈 3
–the children reason–

1판 1쇄 발행 2014년 5월 10일
1판 9쇄 발행 2019년 9월 30일

지은이_ Jin
일러스트_ Shidu
옮긴이_ 이수지

발행인_ 신현호
편집장_ 김은주
편집진행_ 최은진 · 김기준 · 김승신 · 원현선 · 권세라
편집디자인_ 양우연
국제업무_ 정아라 · 전은지
관리 · 영업_ 김민원 · 조은걸 · 조인희

펴낸곳_ (주)디앤씨미디어
등록_ 2002년 4월 25일 제20-260호
주소_ 서울시 구로구 디지털로 26길 111 JnK디지털타워 503호
전화_ 02-333-2513(대표)
팩시밀리_ 02-333-2514
이메일_ lnovelpiya@naver.com
L노벨 공식 카페_ http://cafe.naver.com/lnovel11r

ISBN 978-89-267-9563-7 04830
ISBN 978-89-267-9484-5 (세트)

값 6,800원

한국과 일본을 모두 휩쓴 화제작,
대망의 코믹스 정식 발매!!
TV애니메이션
4월 방영 개시!!
KAGEROU DAZE
아지랑이 데이즈
사토 마히로 작화 / 진(자연의적P) 원작
©2012 Mahiro Satou
©2012–2014 KAGEROU PROJECT / 1st PLACE